만렙 버서커

만렙 버서커 1

초판 1쇄 인쇄일 2016년 4월 22일 | **초판 1쇄 발행일** 2016년 4월 26일

지은이 슈빌 | **펴낸이** 곽중열 | **담당편집 팀장** 이범수
편집부 신연제 이윤아 김은경 홍현주

펴낸곳 (주) 조은세상 | 출판등록 제 2002-23호
주소 경기도 연천군 미산면 청정로 1355
TEL 편집부 02)587-2966 | FAX 02)587-2922
e-mail bukdu@comics21c.co.kr

ISBN 979-11-5832-535-0 | ISBN 979-11-5832-534-3(set) | 값 8,000원

※잘못 만들어진 책은 바꿔 드립니다.
※저자와의 협의에 의해 인지는 생략합니다.

만렙 버서커

슈빌 현대판타지 장편소설

NEO MODERN FANTASY STORY

1

북두
(주)조은세상

CONTENTS

NEO MODERN FANTASY STORY

만렙 버서커

NEO MODERN FANTASY STORY

프롤로그

만렙 버서커

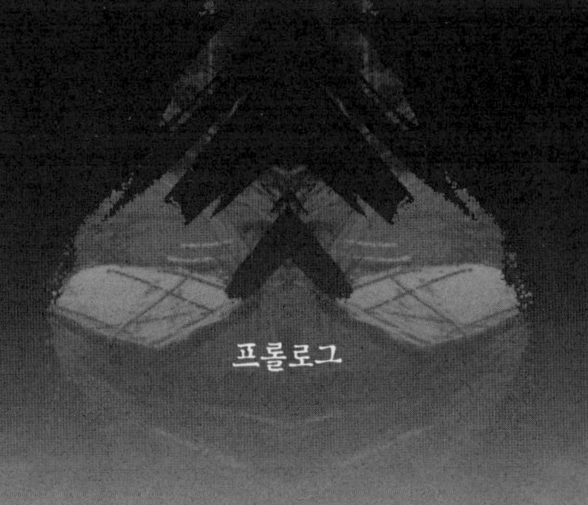

프롤로그

기나긴 터널을 빠져나오자 다른 세상이었고,

후에 다른 터널을 들어섰을 땐 원래 세상이었다.

아니, 다른 세상이었다.

많이 변해 있었으니까.

최강해, 그 역시 변해 있었다.

최강이라는 단어와 "강해!"라고 하는 말을 합쳐놓은 듯한 이름 최강해.

이름과는 달리, 그의 삶은 유년시절부터 순탄치 못했다.

고아 아닌 고아가 됐다.

참혹한 경제적 여건 때문에 가족이 뿔뿔이 흩어졌다.

"몸은 떨어져 있어도 우린 언제나 가족이야."

그의 아버지가 말했다.

"열 밤만 자고 데리러 올게."

그의 어머니가 말했다.

그것이 마지막이었다.

그렇게 강해는 철이 들기도 전, 진짜 고아가 됐다.

빌어먹을 IMF.

다행히 그는 친척집에 얹혀살 수 있었다.

눈치를 주지는 않았지만, 눈치가 보였다.

눈칫밥을 먹고 산지 얼마 되지 않아서였다.

놀이터에서 뛰놀다 다쳐서 눈썹부터 뺨까지 세로로 눈을 가로지르는 흉터가 생겼다.

강해는 이름값을 못하고 살았다.

학교에서는 부모가 없다며, 눈에 흉터가 있다며 따돌림을 당했다.

"네가 최강이냐?" "네가 그렇게 강해?" 따위의 말장난과 함께 간간히 시비를 걸어오는 경우도 있긴 했다.

모두가 그를 괴롭히는 것은 아니었지만 딱히 곁에 있는 친구도 없었다.

친척집도 형편이 썩 좋지 않았다.

철이 들 무렵부터는 혼자 살았다.

그는 세상이 자신을 버렸다고 생각하지 않았다.

세상은 그를 가진 적이 없다고 생각했다.

'인생은 독고다이야.'

입으로 내뱉지 않더라도 항상 혓바닥 위에 올려두는 말이었다.

강해는 단칸방에서 살며 아르바이트로 생계를 유지했고, 그 외의 시간은 게임에만 몰두했다.

소위 말하는 '만렙' 도 빠르게 달성했고, 게임 내의 돈이나 아이템을 팔아 돈을 벌기도 했다. 나중에는 아르바이트도 그만두고 게임에 몰두했다.

게임만 하면서 살았다.

게임이 '그' 이고, 그가 게임인 것처럼, 캐릭터가 곧 자신인 것처럼, 그렇게 살았다.

그는 10대 후반과 20대의 대부분을 그렇게 보냈다.

2016년 2월 29일.

강해가 편의점에 다녀오는 길이었다. 게임을 하면서 먹을 간식을 살 요량이었다.

그가 길 어디에서나 쉽게 보이는 맨홀, 그 위를 밟고 지나가는 순간이었다.

덜그럭.

'어?'

단단하게 고정되어 있어야 하는 것이 강해가 발을 디디는 순간 훅 꺼졌다.

'죽나? 어떡하지? 아프겠지? 죽을 정도로 깊진 않을 거

같기도 한데.'

그 찰나의 순간, 강해의 머릿속은 복잡하기만 했고, 살고 싶다는 생각을 했다.

그는 간식거리가 담긴 봉지를 쥔 오른손을 허우적거렸다. 봉지 안에 든 삼각김밥 하나가 튀어나와 힘없이 얼굴 위로 툭 떨어졌다.

강해는 무언가 이상하다는 것을 느꼈다.

그저 위급한 상황이라 그렇게 느끼는 것이라 여겼는데, 실제로 느리게 떨어졌다.

그렇다고 떨어졌을 때 다치지 않을 정도로 느린 것은 아니었다. 재수가 없으면 죽기에 충분하기도 했고.

그가 바닥에 닿는 순간이었다.

어디론가 빨려 들어가는 듯한 느낌이 강해의 전신을 휘감았다.

터널이었다. 다른 세상으로 통하는 터널.

그가 눈을 떴을 땐 다른 세상이었다.

강해가 자주 즐기던 게임 속 세상.

엄밀히 말하면 조금 다른 점들이 있긴 했지만, 흡사했다.

무엇보다 중요한 점, 강해는 게임에서 플레이하던 캐릭터로 변해 있었다.

그는 '만렙 버서커 캐릭터'로 변해 있었다. 정확히 말하자면 그와 흡사한 사람으로.

게임에서 또 하나의 '나'라고 여기며 플레이하던 애정

어린 캐릭터, 그것이 곧 강해였다.

강해와 그가 플레이하던 게임 속의 만렙 버서커 캐릭터가 합쳐진 느낌이랄까.

겉모습부터 시작해서 모든 것이 달라져 있었다.

강해에게 있어 변하지 않은 점은 두 가지뿐이었다.

왼쪽 눈의 흉터 그리고 최강해 자신이라는 점.

그러한 사실들로 강해는 거울 속의 달라진 자신으로부터 위화감을 덜어낼 수 있었다.

꿈인가, 생시인가, 한참을 서성거렸지만, 또 다른 변화는 없었다.

강해는 이것이 현실이고, 변한 자신의 모습을 받아들였다.

'나다. 이게 나야. 변한 나라고!'

더 판타지아, 강해가 살아갈 새로운 세계였다.

새로운 세상의 사람들은 그와 다를 바 없었다.

모두가 살아 숨 쉬고, 가치관을 가진 사람이었다.

게임 속 세상은 게임 속 세상이 아니었다.

그저 또 다른 세계라고 여길 수밖에 없었다.

실제로 게임에서 접할 수 없던 부분들이 많았다.

게임에서는 존재치 않던 스킬과 전투, 몬스터, 지역들이 펼쳐졌다.

만렙 버서커가 가진 힘은 그대로였다.

강해는 게임에서 늘 그래왔듯이, 새로운 세상 더 판타지아에서도 그랬다.

자신감이 넘치며, 호쾌하고, 남자다웠다.

그리고 강했다.

강해의 명성은 순식간에 드높아졌고, 그가 여유를 갖고 자신을 돌아보았을 땐 한 나라의 통치권을 손에 쥐고 있었다.

최강이라는 수식어가 가장 잘 어울리는 남자가 된 순간이었다.

그는 한 나라의 지도자라지만, 정치나 운영에는 영 소질이 없었다.

아니, 소질이 없다기보다는 관심 자체가 없다는 편이 옳았다.

그보다는 여행을 하며 새로운 사람들을 만나고, 몬스터를 사냥하고, 영웅이 되는 것을 좋아했다.

새로운 음식들을 맛보는 즐거움 또한 무시할 수 없었다.

부와 명예 그리고 모험이 좋았다.

그렇다고 나라가 망하지는 않았다.

정치와 운영을 잘하는 녀석들이 그의 충신으로 자리를 지켰으니까.

강해는 나라의 운영에 큰 관심을 두지 않고, 밖으로 돌았다.

사실상 지도자의 자리를 떠난 것이나 마찬가지였다.

그런다고 쌓아놓은 업적이 사라지는 것은 아니었으니까.

그는 끊이지 않는 모험을 하며 오랜 세월을 보냈다.

대륙을 횡단하고 또 횡단하던 중 빛을 머금은 정체불명의 터널 하나를 발견했다.

들어서기도 전부터 푸른빛 검붉은 빛이 뒤섞여 춤사위를 보이는 듯했다.

어디로 통하는 터널인지는 알 수 없었다.

강렬한 호기심은 강해의 몸을 움직였고, 자연스레 터널로 들어서고 있었다.

터널에서 나왔을 땐 익숙한 풍경이 그를 맞이했다.

'원래 세상으로 돌아온 건가?'

그는 잠시 터널과 터널 사이의 세상을 지나오며 헤맸는지도 모른다.

그렇다고 그가 길을 잃었던 것은 아니다.

새로운 세상에서, 새로운 시작이었다.

NEO MODERN FANTASY STORY

1. 내가 돌아왔다

만렙 버서커

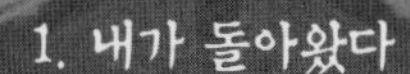

1. 내가 돌아왔다

어두운 밤이었다.

그 가운데 붉은빛과 푸른빛이 뒤엉켜 휘몰아쳤고, 그곳에서 강해가 걸어 나왔다.

"여긴……."

터널에서 나온 강해가 나지막이 중얼거렸다.

그가 서 있는 곳은 한강이었다.

'원래 세상으로 돌아온 건가?'

가장 먼저 한 행동은 자신의 몸을 확인하는 것이었다. 그대로였다.

만렙 버서커와 하나가 된 모습 그대로.

그는 왼쪽 눈의 흉터를 어루만지며 가볍게 안도의 한숨을 내쉬었다.

'그대로구나.'

세상도 많이 변한 것 같지는 않았다.

첫 걸음을 떼려 할 때였다.

그의 머리 위로 카메라가 달린 드론이 떠 있었다.

드론은 강해의 옆에 뜬 채로 기계음 섞인 목소리를 울렸다.

"마나 감지. 신상파악 불가. 미등록 헌터. 시험을 치르고, 헌터 등록을 해주세요. 인류를 위해 싸워주세요."

강해는 미간을 찡그린 채 드론을 올려다봤다.

"이건 또 뭐야? 헌터 등록?"

"마나가 감지됩니다. 헌터의 자질을 가진 자, 헌터로서 활동해주세요. 자신의 능력치를 확인해보세요."

그는 여전히 인상을 찡그린 채 드론을 쳐다보고 있었다.

'능력치?'

그 순간이었다.

능력치라는 단어를 떠올리자마자 그의 머릿속으로 정보가 떠올랐다.

[최강해]

나이 : ???

신장 : 186cm

체중 : 93kg

종족 : 인간

특성 : 버서커

근력 (???) 체력 (???) 민첩성 (???)

정신력 (14) 주문력 (16) 잠재력 (???)

그것은 눈앞에 선명하게 그려져 보는 것처럼 쉽게 알 수 있었다.

나이, 근력, 체력, 민첩성, 잠재력은 표기되지 않았다. 이는 측정불가를 뜻했다.

강해는 '더 판타지아' 에서 만렙 버서커와 자신이 뒤섞이고, 새로운 존재로 살아왔다.

꿈같은 세계였다.

하지만 그곳에서도 이러한 능력치 따위는 존재하지 않았다.

그는 당황스러운 기색을 감추지 못했다.

'이게 대체 뭐야?'

까마득한 과거에 게임을 하던 시절이 떠올랐다. 마치 그때 플레이하던 캐릭터처럼 자신의 수치화돼서 능력치로 떠올랐다.

머리 위에 떠 있는 드론은 '능력치' '헌터' 등의 알 수 없는 말들을 내뱉는다.

'누군가 날 놀리고 있는 건가?'

마이크와 카메라가 달린 드론으로 누군가 장난을 치고

있는가 생각을 해봐도, 이내 자신이 모르는 무언가가 일어나고 있음을 알 수 있었다.

실제로 능력치가 머릿속에 떠오르고, 눈앞에 선명하게 보이기도 했으니까.

'대체 뭐가 어떻게 된 거지? 이젠 내가 게임 캐릭터가 돼버린 건가?'

그는 다시 한 번 주위를 훑어봤다.

'그건 아닌데… 여긴 분명히 한강이야. 그러고 보니 장비가 다 사라졌네.'

그의 무기와 갑옷 등은 전부 사라져 있었다. 옷차림은 그대로였다.

이계의 트레이닝복 정도였는데, 현대라도 이질감이 들 만한 수준은 아니었다.

그가 머물던 이계 역시 차별화된 과학기술을 가진 곳이긴 했지만.

강해는 주위를 천천히 둘러봤다.

분명 한강은 한강인데, 처음 보는 구조물, 미래지향적인 느낌의 지하철역 등 달라져 있었다.

'일단 나가보자.'

걸음을 옮기려고 할 때였다.

삐잉—! 삐잉—!

드론이 경광등처럼 빨간 불빛을 깜빡거리며 경고음을 냈다.

“위험 감지, 위험 감지. 뚝섬유원지역 2번 출구, 몬스터 감지. 던전에서 나온 몬스터가 있는 것으로 추정.”

강해의 두 눈이 커졌다.

‘뚝섬유원지역이면 내가 전에 살던 집 근처인데… 많이 바뀌었네.’

띠리리리리, 띠리리리리.

“1성 상급 몬스터, 타우로스로 확인, 조속히 대피, 헌터 협회와 헌터 클랜 연결 중—.”

강해는 자신의 앞에 있는 지하철역 출구가 눈에 들어왔다.

뚝섬유원지역 3번 출구.

드론이 말한 2번 출구는 바로 옆이었다.

강해가 고개를 돌릴 때였다.

쿵, 쿵, 쿵, 쿵.

황소의 얼굴과 뿔에 거대한 몸집, 붉게 빛나는 두 눈, 인간처럼 이족보행을 하는 몬스터 타우로스였다.

팔 하나가 웬만한 사람의 허리보다 두꺼웠고, 커다란 손은 오토바이 정도는 악력으로 간단히 으스러트릴 수 있었다.

놈은 강해를 보곤 발굽으로 바닥을 지익, 지익, 그으며 콧김을 내뿜었다.

쿠쿠쿵, 쿠쿠쿵.

아스팔트 바닥이 연두부처럼 우수수 부서졌다.

강해는 휘둥그레진 눈으로 놈을 쳐다봤다.

‘뭐야, 몬스터인가? 여기 지구 아니었어?’

그는 주위를 둘러보곤 다시 천천히 놈에게로 시선을 옮겼다.

'분명 내가 살던 곳이 맞는데… 어째서 저런 게….'

타우로스 역시 강해를 뚫어져라 쳐다봤다.

놈은 소와 비슷한 생김새를 하고 있지만, 육식도 즐긴다. 놈에게는 강해가 사냥감 그 이상 그 이하도 아니었다.

강해가 눈썹을 찡그렸다.

'미노타우로스와 비슷하네. 덩치는 훨씬 크지만… 머리는 나빠 보여.'

그는 가만히 서서 놈을 위아래로 훑었다.

'저놈 하나면 농사는 걱정 없겠네.'

푸쉭—!

타우로스가 거친 콧김을 내뿜었다. 놈은 자세를 낮추고, 커다란 뿔을 내세우며 돌진해왔다.

'아, 무기가 없지 참.'

강해는 잠시 눈을 지그시 감은 뒤, 자신의 몸에 흐르는 피에 집중했다. 그러고는 두 눈을 번뜩이며 주먹을 쥐었다 폈다.

'여전하네.'

삐잉—! 삐잉—!

드론이 시끄럽게 경보음을 울렸다.

"도주! 도주! 도주! 당신이 보유한 마나로는 아직 상대할 수 없는 적입니다! 도주! 도주! 도주! 도주하십시오!"

타우로스는 덤프트럭처럼 돌진해왔고, 뿔이 코앞까지 다가왔다.

"음—모오오오오오—!"

놈이 울부짖으며 머리를 들이밀었다.

'저런 게 왜 여기 있는지는 모르겠지만… 그건 차차 알아가기로 하고, 일단 가볍게 시험 좀 해보실까.'

강해는 몸을 살짝 틀며 두 뿔 사이로 들어섰다.

그는 호흡의 흐트러짐 없이 놈의 머리 중앙을 향해 오른쪽 주먹을 내질렀다.

퍼어어어어어어어어어어어어엉—!

집채만 한 풍선이라도 터지는 듯한 굉음이 울렸다.

강해의 주먹이 닿는 순간이었다.

놈의 머리 중앙에 약 지름 20센티미터 정도의 구멍이 뚫렸고, 그 구멍은 꽁무니까지 이어졌다.

타우로스는 강해의 주먹질 한 번에 머리부터 꽁무니까지 수직으로 관통돼 즉사했다.

쿵.

놈은 그대로 바닥에 가라앉듯이 쓰러졌다.

강해는 자신의 주먹을 한 번 들여다본 뒤, 타우로스의 시체를 내려다봤다.

"덩치만 컸지, 별거 아니구만."

그는 가볍게 입맛을 다시며 중얼거렸다.

"소고기…?"

그러다가도 인간과 흡사한 몸을 보면 입맛이 뚝 떨어졌다. 실제로 입안의 침이 바싹 말랐다.

'인간하고 비슷한 점이 조금이라도 있으면 먹기가 싫더라… 몬스터가 아닌 동물이라도 원숭이 같은 건 먹은 적이 없으니까.'

죽은 타우로스의 시체에서 푸른빛이 뿜어져 나왔다.

"이건 또 뭐야?"

그 빛은 한 가운데로 몰려들어 구슬처럼 뭉쳐졌고, 이내 형체를 갖춘 채 공중에 둥실둥실 떠 있었다.

'마석' 이었다.

강해는 태어나서 처음으로 마석을 보는 것이었고, 무엇인지 알 까닭이 없었다.

하지만 거기서 느껴지는 마나는 느낄 수 있었다.

그는 마석을 손에 쥐었다.

마석은 더 이상 공중에 떠오르지 않았다.

'뭔지는 모르겠지만, 마나가 느껴진다. 일단 챙겨둬야겠어.'

강해는 주머니로 마석을 넣었다.

드론이 기계 목소리를 울렸다.

"뚝섬유원지역, 던전을 벗어난 1성 상급 몬스터 타우로스 처리 완료."

강해는 드론이 시끄럽다는 듯이 쳐다보다가 입을 열었다.

"지금이 몇 년도지? 능력치는 또 뭐야? 어떻게 이런 게 보이는 거야? 아까 헌터니, 몬스터니, 던전이니 얘기하던데, 자세하게 좀 얘기해봐."

하지만 드론에서는 아무런 음성도 나오지 않았다.

강해는 이내 드론을 뒤로하고, 걸음을 옮겼다.

'어쨌든 지금 이 세상에 대해 알아봐야겠지. 일단 집에나 가볼까? 그대로이려나? 다른 사람이 살고 있을지도….'

한강에 남아 타우로스 주위를 서성거리는 드론이 기계 목소리를 냈다.

"뚝섬유원지역, 타우로스, 미등록 헌터가 처리."

뚜루, 뚜루루, 뚜루루.

드론은 어디서론가부터 메시지를 받고는 기계 목소리를 냈다.

"신상파악 불가. 종족은 인간인 것이 확실. 하지만 마나는 인간의 것이 아닌 것으로 파악. 하지만 몬스터의 것도 아님."

삐빅, 삐비비빅.

"정확한 판단 불가. 블랙마켓 관여 가능성 있음. 타우로스를 한 방에 격파, 최소 3성 중급 이상의 힘을 가진 것으로 추정. 2020년 2월 29일, 메시지 송신 완료."

❖

강해는 끊임없이 주변을 두리번거렸다.

'우리 동네가 맞긴 한데… 다르네.'

그는 방금 전에 처리한 타우로스와 드론, 능력치를 떠올렸다.

대략적으로 파악할 수 있었다.

'세상이 변한 거겠지. 어떻게 이렇게 된 건지는 몰라도 던전이 있고, 몬스터가 당연시되고, 능력치가 보이고… 그 몬스터들을 죽이고, 던전에 들어서는 게 헌터고 말이야.'

그는 자신의 능력치를 다시금 떠올렸다.

[최강해]

나이 : ???

신장 : 186cm

체중 : 93kg

종족 : 인간

특성 : 버서커

근력 (???) 체력 (???) 민첩성 (???)

정신력 (14) 주문력 (16) 잠재력 (???)

강해는 능력치를 들여다보며 미간을 찌푸렸다.

'게임 스탯 같은 거라는 점은 알겠는데… 왜 대부분 물

음표지? 심지어 나이까지 나오지가 않네. 다른 건 뭘 뜻하는지 알겠는데, 잠재력은 또 뭐야?'

그는 말 그대로 잠재력을 뜻하는 거겠지, 하고 생각하다가도 능력치에 이런 식으로 뜬다는 것을 이상하게 여겼다.

강해가 미간을 찡그린 채 검지로 뺨을 긁적거렸다.

'나이가 안 나오는 이유는 알 것도 같은데….'

강해는 '더 판타지아'에서 지도자 자리까지 오르고, 불로초라 확신할 수는 없지만 그에 상응하는 효과를 지닌 약초도 먹었다.

그가 다른 세상에서 보낸 시간은 40년.

신비한 약초는 그를 60이 넘는 노인에서 모든 것을 20대 중후반의 젊은이로 되돌렸다. 그랬다.

'좀 친한 녀석들은 나한테 나이 값 못한다고 많이들 뭐라 그랬는데… 다들 잘 있으려나? 내가 이곳으로 다시 돌아와 버려서 다시 볼 수 있으려나 모르겠네.'

그는 그게 이유일 거라 생각하다가도 고개를 절레절레 저었다.

'그럼 다른 능력치가 안 보이는 게 말이 안 되잖아. 일단 지금 세계에 대해서 더 알아봐야겠어.'

얼마 지나지 않아 과거에 살던 집에 다다를 수 있었다. 낡은 연립의 지하.

강해는 자신이 살던 집 앞에 섰다.

'여긴 그대로네.'

낡은 철문에 어울리지 않는 번호키 방식의 자물쇠.

예전에 강해가 달아놓은 것과 동일했다.

'설마….'

❖

그는 혹시나 하는 마음에 우악스러운 손으로 비밀번호를 입력하기 시작했다.

띠띠띠띠띠띠띠 띠리릭, 띠딕, 철컥.

문이 열렸다.

강해는 안쪽으로 천천히 들어섰다.

그대로였다. 자신이 게임만 하며 살던 그때 그 집 그대로.

먼지가 수북하게 쌓여 있긴 했지만, 바뀐 것은 딱히 없었다.

그는 잠시 주위를 둘러보다 가장 먼저 한 행동은 컴퓨터 앞에 앉는 것이었다.

전원을 키자 먼지가 잔뜩 껴 요란한 소리가 울렸다. 강해는 탄내까지 느꼈지만, 아랑곳 않고 인터넷 검색부터 했다.

그 순간 오른쪽 하단의 날짜가 눈에 들어왔다.

2020-02-29, 오후 11시40분.

'이래서 많이 변해 있었구나.'

강해가 판타지아에서 40년이란 세월을 보내는 동안 이곳의 시간은 4년이 지나 있었다.

그는 헌터, 몬스터, 던전, 능력치 등에 대해 검색을 하기 시작했다.

가장 먼저 발견할 수 있던 사이트는 '헌터 협회'의 공식 사이트였다.

헌터 협회는 국가에서 운영하는 기관이었다. 전 세계에 존재하고, 연결돼 있었다.

하지만 여느 공식 사이트가 그렇듯 정작 원하는 정보들을 얻기란 어려웠다.

겉핥기식으로 설명이 돼 있거나, 이미 헌터에 대해 아는 것을 염두에 둔 말들이었다.

'이런 사이트들이 다 그렇지 뭐.'

강해는 공식 사이트를 포함, 다른 사이트들을 검색하며 지금 세상의 정보들을 파악해 나갔다.

우선 쓸 만한 정보들은 보이는 족족 프린트를 하려고 했는데, 잉크가 다 말라붙어 인쇄가 불가능했다.

강해는 프린터기를 열어 카트리지를 빼들었다. 그의 입가에 미소가 머금어졌다.

단순히 프린터기를 손보는 것인데도 정겨운 느낌이 들었다.

'이게 얼마 만인지….'

그는 카트리지 틈으로 침을 뱉고 흔든 뒤에 다시 프린터기에 끼웠다.

지이이잉, 지이이잉, 하고 소리를 내며 인쇄가 되기 시작했다.

처음 몇 장은 하얀 A4용지가 그대로 나오거나 인쇄가 흐리게 됐지만, 이내 정상적으로 작동했다.

프린트를 마쳐갈 즈음이었다.

펑!

컴퓨터 본체에서 무언가 터지는 소리와 함께 심한 탄내가 퍼졌다.

'이런….'

강해는 미간을 찡그리며 전원 버튼을 몇 번이나 눌러봤지만, 컴퓨터는 켜지지 않았다.

'뭐… 상관없지.'

강해는 지금 세상에 대해서 어느 정도 파악할 수 있었다.

그는 프린터기가 뱉어낸 종이들을 훑어보며 중얼거렸다.

"바로바로 프린트하길 잘했네. 그나마 이거라도 건졌으니…."

헌터와 던전, 몬스터 등에 대해서 대략 정리하면 이랬다.

1. 첫 던전과 몬스터의 탄생은 2002년 월드컵 시즌이었다. 경기장 한 가운데 던전이 솟는 바람에 말 그대로 아비규환이었다고.

헌터 역시 같은 시기에 등장했다. 만 20세 이상의 사람들이 각성한 것이다.

능력치가 보이기 시작하고, 자신이 어떠한 힘을 지녔는지 깨닫게 됐다. 지금 이 순간에도 많은 사람들이 헌터로 각성 중이다.

성인이 되고 나서도 사람마다 각성하는 시기가 다른 것으로 보아 신체적으로 완전히 성장을 마친 사람들만 헌터로 각성한다고 추정된다.

하지만 기준이 조금 모호하다. 평균적으로 각성하는 시기가 만 20세.

2. 던전은 겉보기로 그 크기를 가늠할 수 없다.

겉으로는 사람 하나가 겨우 들어갈 수 있을 것처럼 작아 보여도, 안쪽은 운동장처럼 넓을 수 있다. 그리고 안쪽에는 어김없이 몬스터가 있다.

이에 던전은 일종의 다른 세계로 들어서는 입구로 분류되고 있다.

던전 안에서는 통신장비나 촬영장비가 작동되지 않는다. 안에 들어서는 순간 다시 나오기 전까지는 세상과 단절되는 것이다.

이는 현대에 개발한 다른 장비들 역시 마찬가지이다. 던전 안에서는 권총조차 작동하지 않는다.

3. 몬스터들은 항상 던전 안에 머무는데, 배가 고플 때까지 나오지 않는다. 때문에 놈들이 밖으로 나오기 전에 먼저 진입해서 처리해야 된다.

놈들이 밖으로 나온다는 것은 말 그대로 사냥을 위해서다.

평균적으로 몬스터가 던전 밖으로 나오기까지 걸리는 시간은 평균 44시간이다. 몬스터에 따라 차이는 있지만, 아직까지 40시간 밑으로 내려간 적은 없다.

4. 던전과 몬스터에게서는 마나가 감지된다. 이때 느껴지는 마나의 양이 안쪽에 있는 몬스터의 등급과 정비례한다.

몬스터는 총 10단계로 나뉘는데, 1성부터 10성까지 존재한다. 1성이 최저, 10성이 최고. 여기서 또 수준에 따라 하급, 중급, 상급으로 나뉜다. 던전 역시 같은 방식으로 분류한다.

헌터 또한 1성부터 10성까지의 등급으로 나뉜다.

헌터에게서 느껴지는 마나와 던전이나 몬스터에게서 느껴지는 마나는 본질적으로 그 느낌이 달라 구분이 가능하다.

굳이 예시를 들자면 헌터의 마나가 은은하고 푸른빛이라면, 몬스터는 검붉고 타오르는 듯하다고.

5. 던전은 그 안에 있던 몬스터들이 전부 밖으로 나오거나, 죽으면 사라진다. 그리고 던전이 생기기 전과 같은 모양으로 되돌아간다.

만약 그 위에 나무가 자라있었다면, 그 나무까지 되돌아온다. 당연히 과학적으론 설명이 불가능한 부분이다.

6. 몬스터는 현대의 화력장비와 닿으면 커다란 폭발을 일으킨다. 권총 한 방이 수류탄 이상의 위력으로 번진다. 이는 던전 역시 마찬가지.

야산에 생긴 던전에 바주카포를 쏜 사례가 있다. 당시 그곳에 있던 던전과 사람들은 물론, 해당 야산이 통째로 증발했다.

이는 몬스터나 던전을 향해 핵폭탄이라도 터트린다면 지구가 멸망할 것임을 뜻했다.

결국 과학의 힘으로 몬스터를 죽일 수는 있으나, 그랬다간 자폭이나 다름없기에 헌터의 힘만이 희망으로 여겨지는 상태.

7. 때문에 몬스터들은 반드시 헌터가 죽여야 한다. 화력장비와는 달리, 헌터가 발휘하는 힘으로는 폭발이 일어나지 않는다.

8. 헌터들은 고유의 능력으로, 몬스터들을 죽이는 것이 주 임무이다. 근래 들어서는 블랙마켓의 범죄자들을 체포하는 쪽으로도 일의 비중도 높아졌다.

9. 몬스터는 죽어서 시체와 마석을 남긴다. 시체는 몬스터에 따라 그 가치가 다르고, 마석은 활용도가 무궁무진해 가치가 높다.

10. 헌터는 세상에 없어서는 안 될 존재이며, 아무나 될 수 없다. 이에 따라 등급이 높은 헌터의 경우 어느 나라를 가도 귀빈 대우를 받는다.

11. 헌터들은 다양한 형태로 활동하고 있다. 협회 소속이나 클랜, 프리랜서 등 다양하다.

강해는 미간을 찡그린 채 읽고 또 읽었다.

과거까지 변해 있었다. 자신이 알던 세상과는 달랐다. 그 와중에 살던 집은 똑같으니 더 이상하게 여겨질 뿐이었다.

이외에도 많은 정보들이 있었지만, 지금 당장 전부 파악하기란 불가능했다. 컴퓨터도 고장나버렸고.

'아까 대충 검색해서 나온 정보들만 해도 장난이 아니었는데… 알아갈 게 많구만.'

프린터기에 읽지 않은 한 장이 더 있었다.

'이걸 빼먹었네.'

헌터의 능력치에 관한 것이었다.

1. 헌터의 능력치는 숫자로 수치화 된다.

2. 능력치는 자기 자신만 알 수 있다. 다른 사람의 능력치 중 알 수 있는 정보는 '이름'과 '잠재력' 그리고 '특성' 뿐이다.

여태까지 보고된 잠재력의 최고 수치는 999, 그는 현재 10성 헌터이다.

하지만 1성 헌터일 때 잠재력이 낮았는데도 10성에 다다른 이들도 있기에 절대적이지만은 않다. 대부분 들어맞긴 하지만.

이름의 경우 생각하는 것으로 단 한 번만 수정할 수 있다. 보통 본명을 쓰는데, 헌터로서 혹은 범죄자로서 다른 이름을 쓰는 경우도 있다.

특성은 고유 능력을 말한다. 하지만 그 이름만으론 능력의 특징을 전부 파악하기란 쉽지 않다. 이름만으로 전부 알 수 있는 경우도 있지만.

3. 힘의 척도라 할 수 있는 등급은 마나의 양으로 어느

정도 파악이 가능하다. 하지만 높은 등급을 부여 받기 위해서는 그에 상응하는 업적이 필요하다.

4. 헌터의 고유 능력은 정신력과 주문력에 영향을 받는다. 때문에 이 수치가 높고, 마나의 양이 많아야 강하다고 볼 수 있다.

5. 예외적으로 정신력과 주문력이 부족해도 높은 근력과 체력, 민첩성만으로 높은 등급에 다다른 헌터도 존재한다.

하지만 이들은 약점이 분명하다. 근접 전투에는 능하나, 고유 능력이 약해 한계가 있기 마련.

그 한계를 돌파해 10성에 다다른 헌터는 전 세계를 통틀어 한 명뿐이다.

비슷한 케이스인 헌터들이 더 있긴 했지만, 결국 나중에라도 정신력과 주문력을 높이기 위해 노력해야 했다.

6. 10성을 단순히 수치화해서 분류하면 잠재력을 제외한 능력치의 평균치가 1,000이 넘는다.

현재 10성을 아득히 뛰어넘은 헌터들은 충분히 많고, 대부분 활발히 활동 중이다.

강해는 수집한 정보들을 읽을수록 헛웃음만 나왔다.

현재 지구는 자신이 머물던 '더 판타지아' 보다 더 판타지스럽게 변해 있었으니까.

'뭐 이러냐….'

강해는 자신의 능력치를 되짚으며 생각했다.

'나이야 그렇다 쳐도… 왜 다른 능력치까지 제대로 확인

할 수 없는 거지?'

정신력과 주문력은 분명히 측정되고 있었다. 하지만 다른 것들 대부분은 파악되지 않았다. 심지어 남들이 볼 수 있는 잠재력조차도.

잠재력은 측정불가인 경우가 있긴 하다.

하지만 이는 발전 가능성이 없는 거나 다름없다고 볼 때 나오는 수치였다.

그 반대의 경우를 뜻하는 걸 수도 있는 것이지만.

실제로 측정불가까지는 아니라도 잠재력이 한 자릿수인데도 10성에 다다른 헌터들도 존재한다.

강해는 타우로스를 죽이고 챙긴 마석을 들여다보며 생각했다.

'어쨌든 이게 돈이 된다는 거지? 몬스터도 돈이 되고… 일단 그쪽으로 가볼까?'

강해는 집을 나서기 전, 예전 기억을 되살려 여기저기를 뒤졌다. 지구의 시간으로는 4년이지만, 그가 실제로 지내온 세월은 40년인지라 많이 헤맸지만.

옷가지는 맞는 것이 하나도 없었다. 전부 그가 변하기 전에 입던 것들이었으니까.

그가 찾은 것은 휴대폰과 집 계약서와 통장 그리고 도장이었다.

휴대폰은 작동하지 않았다.

'일단 마석이 꽤 비싸다고 했으니… 이걸로 살 수 있겠지.'

과거가 조금 변해 있었지만. 집은 그대로였기에 계약서를 확인한 것이다.

계약서 역시 강해의 이름으로 돼 있었다.

'그래, 반전세로 했었지. 그때 게임에서 강화 대박 나가지고….'

보증금 2,500만 원에 월세 15만 원.

지하 단칸방이기에 가능한 액수였다.

대략 파악할 수 있었다. 강해가 집에 실제로 머물고 있지는 않았지만, 따로 요청이 없으면 계약은 자동 갱신된다. 또한 월세는 자동이체를 해놓았던 상태.

통장의 잔액에서 월세가 계속 빠져나갔을 것이고, 보증금도 있으니 건물주 입장에서 문제가 될 것은 없었을 것이다. 몇몇 공과금은 달아놓던지, 보증금에서 까면 되는 것이었고.

강해가 4년은 집을 비운 건데도 건물주는 월세를 계속 빨아먹고 있었다.

'이렇게 오래 연락이 안 되면 방을 빼야 정상 아닌가? 실종신고라던가, 그런 것도 해야 되지 않나? 방에서 고독사했을 수도 있고, 어디서 객사했을 수도 있는 건데.'

그는 우선 집을 나섰다. 이러한 것들은 전부 사소한 일에 지나지 않는다.

대충 알아본 것만으로도 헌터로 활동하면 큰돈을 벌 수 있는 건 분명하니까.

'그래도 나중에 확실히 따질 건 따져야겠지.'

강해가 향한 곳은 타우로스를 쓰러트린 뚝섬유원지역이었다.

❖

강바람이 거센 가운데, 아까만 해도 자신 외에는 아무도 없던 한강에 대략 20대 후반에서 30대 초반의 세 남자가 한 곳에 몰려 있었다.

“빨리 좀 해.”

“하고 있잖아.”

“더럽게 안 썰리네.”

“부드럽게 해. 뿔 상하면 값 떨어진다.”

그들은 타우로스의 시체를 둘러싸고 있었다.

타우로스의 시체를 둘러싼 세 남자는 헌터였다.

강해가 다가서자 세 남자 전부 고개를 돌렸다.

강해는 그들에게서 마나를 감지할 수 있었다.

마나는 능력을 사용하거나, 전투를 할 때 혹은 일부러 뿜어내지 않는 한 멀리서도 감지하는 건 거의 불가능하다.

감지 능력이 뛰어난 헌터들은 미세한 마나도 잡아내긴 하지만, 절대적이지는 않다.

예를 들어 마나를 숨기고 있거나, 평소라면 어느 정도 접근해야 가능하다.

강해의 경우 감지가 뛰어나다고 볼 수는 없었다. 마나의 전체량, 회복속도, 감지 등과 관련이 있는 정신력이 낮았으니까.

그래도 눈앞에 있는 세 남자의 마나 정도는 감지할 수 있었다.

'헌터들인가….'

그들은 전부 2성급 헌터로, 타우로스보다는 강했다.

세 남자 역시 강해에게서 마나를 감지하곤, 헌터임을 알 수 있었다. 하지만 그 마나의 양은 1성에서도 최하급 수준.

그들은 강해를 무시하고 하던 일에 집중했다.

강해는 그들을 바라보며 능력치에 대한 생각을 하고 있었다.

'이름과 잠재력은 알 수 있다고 했지?'

그가 가장 앞에 나와 있는 마른 남자를 보며 생각하자마자 이름과 잠재력이 보였다.

[이상인]

특성 : 기공포

잠재력 : 44

강해는 이상인을 쳐다보면서 미간을 찡그렸다.

'저 정도면 잠재력이 낮은 거겠지? 999까지도 있다고 했으니까. 하지만 또 절대적이지는 않고… 에이, 복잡해. 다른 능력치도 전부 보이면 얼마나 좋아.'

그는 이상인의 마나를 감지하고는 떫은 표정을 지은 채

생각했다.

'마나의 양으로 봐선 약하단 소리인데….'

강해가 자리를 뜨지 않고, 계속 자신들을 바라보고 있자 이상인이 먼저 입을 열었다.

"뭡니까?"

"아, 지금 뭐하고 있는 건지 궁금해서요."

강해의 물음에 이상인은 미간을 찡그리며 말했다.

"보면 모릅니까? 타우로스 해체하고 있죠."

"그래요? 타우로스를 왜 해체해요?"

이상인은 '미친놈인가….' 하고 생각하다가 대답했다.

"돈 벌려고요."

강해는 그들 곁으로 다가가 뿔과 다리가 잘리고 있는 타우로스의 시체를 힐끗 보고는 물었다.

"그래요? 얼마나 하죠?"

"뭐… 다리 하나에 100만 원 정도 할 겁니다."

"뿔은요?"

"이 정도면… 한 200 받으려나? 그런데 왜 자꾸 물어봐요? 초보 헌터인가?"

뿔을 자르고 있던 남자가 실실 웃으며 말했다.

"그렇겠지. 느껴지는 마나의 양을 봐라."

강해는 쪼그려 앉아 해체작업을 하는 두 남자의 능력치와 잠재력을 살폈다.

[이상문]

특성 : 기공권

잠재력 : 62

[이상구]

특성 : 철괘

잠재력 : 90

뿔을 잡고 있는 이상구가 강해를 올려다보며 놀랍다는 듯이 말했다.

"살면서 잠재력 측정불가는 처음 보네."

그는 안타깝다는 듯이 혀를 찼다.

"쯧… 그 힘으론 1성 하급 몬스터도 힘들 텐데… 헌터보다는 다른 일 알아보는 게 낫겠수다."

강해는 타우로스를 내려다보다가 물었다.

"그럼 이런 놈을 잡아서 나오는 마석은 얼마쯤 합니까? 돈 좀 돼요?"

이상문이 말했다.

"하급이냐, 중급이냐, 상급이냐에 따라 다르죠. 뭐, 마석이 안 나오는 수도 있고…."

강해는 알겠다는 듯이 고개를 끄덕거리다 말했다.

"그렇군요. 세 분이 형제인가 봐요? 이름도 다 비슷하고."

이상인이 인상을 찡그리며 목소리를 말했다.

"예, 그렇습니다. 그럼 이제 그만 가주시겠습니까? 일하는 데 방해되니까."

그들은 강해를 등지고 다시 타우로스 해체작업에 열중했다.

"그거 해체해서 뭐하게요?"

강해의 물음에 이상인이 고개를 돌리고는 목소리를 높였다.

"뭐하긴 뭐해! 갖다 팔아야지! 아, 거 아까부터 참, 사람이 귀찮게 말이야!"

강해는 여유로운 미소를 머금은 채 말했다.

"그쪽 분들이 팔면 안 될 거 같은데? 그거 내가 잡은 거라서."

세 남자는 이해가 안 된다는 듯이 강해를 쳐다보고 있었다.

강해가 타우로스의 시체를 가리키며 말했다.

"이거 내가 잡은 거라고. 그러니까 내 거 맞잖아?"

세 남자는 벙찐 표정으로 쳐다보고 있었다.

이내 이상문이 웃음을 터트렸고, 이어서 나머지도 크게 웃었다.

이상인은 큭큭거리며 말했다.

"아니, 사기를 치려면 좀 제대로 치던가… 너 같은 놈이 타우로스를 잡았다고 하면 누가 믿겠어? 이건 우리가 잡은 거야."

강해는 고개를 가우뚱거리며 되물었다.

"내가 잡았다는 게 왜? 그걸 너희들이 잡았다고? 확실해?"

“네놈한테 느껴지는 마나는 1성 하급 중에서도 최고로 약한 수준이야. 너 같은 놈은 죽었다 깨나도 타우로스를 잡을 수 없어.”

“내가 근력이랑 체력, 민첩성이 높을 수도 있는 거잖아? 뇌가 반밖에 없나? 그렇게 단편적으로밖에 생각 못해?”

그 말에 세 남자의 얼굴에서 미소가 사라졌다. 강해가 비꼬는 것 때문에 기분이 상하기도 했고, 전부 가능한 얘기였으니까.

게다가 강해의 커다란 몸집은 위압감이 있었다. 옷으로도 가려지지 않는 덩치, 그것도 체지방율 한 자리수의 근육질일 것이 분명했다.

하지만 이상인이 다시 코웃음을 쳤다.

“덩치 좀 크니까 뵈는 게 없어? 근육은 일반인 보디빌더들도 많아. 그리고… 네놈 말대로 네가 신체능력이 높다고 치자. 그게 말이 된다고 생각해?”

그는 두 눈을 번뜩이며 말을 이었다.

“그랬다면 잠재력도 높았겠지. 그 만큼 발전 가능성이 있다는 거니까. 하지만 넌 잠재력조차 측정이 안 되는 쓰레기다. 헌터라고 하기에도 민망한 쓰레기.”

강해는 뒷머리를 긁적거리며 말했다.

“처음 보는 사람한테 쓰레기라니… 거참 말이 심하네. 난 이런 거 그냥 안 넘어가는데….”

그는 미간을 찡그리며 나지막이 말을 이었다.

"이 쓰레기 같은 새끼가 죽고 싶어서 아주 안달이 났구나…."

세 남자의 표정이 굳었다. 그들은 전부 일어나서 강해를 노려봤다.

이상문이 목소리를 높였다.

"너 이 새끼 뭐라고 그랬어? 죽고 싶어?"

이상인은 위협적으로 마나를 뿜어냈다.

"아무리 초보라도… 헌터끼리 협의 하에 싸우는 건 법이 달리 적용된다는 것쯤은 알고 있겠지? 죽고 싶지 않으면 지금이라도 빌어라."

이상구가 손을 풀며 말을 거들었다.

"그래, 그러면 딱 죽지 않을 만큼만 패주마."

강해는 씩 웃으며 말했다.

"처음에는 시체를 그냥 두고 간 내 잘못도 있다고 생각했거든? 그리고 물어보는 거도 잘 대답해줘서 다리 하나 정도는 떼어줄까, 생각도 했어."

세 남자는 너무나 당당한 강해의 태도에 인상만 찡그린 채 가만히 얘기를 듣고 있었다.

어디까지 가나, 무슨 얘기를 하나 두고 보자는 심정이었다.

강해가 말했다.

"그런데 역시나… 남이 깜빡한 걸 주우면서 지들이 잡은 거라고 하질 않나… 진짜 재활용도 안 되는 쓰레기 같은 놈들이구만."

이상인이 나지막이 말했다.

"할 말은 끝났나?"

강해는 여유를 잔뜩 머금은 표정으로 말했다.

"쓰레기랑 무슨 대화를 더 하겠나? 쓰레기에 대고 말하는 내가 모자란 거 같네."

세 남자의 얼굴이 분노로 일그러졌다.

이상인은 곧바로 강해를 향해 손을 뻗었다.

'기공포.'

그의 손바닥에서 푸른빛이 번쩍이며 축구공 크기의 기공포가 발사됐다.

텅! 텅!

강해가 오른쪽으로 걸음을 내디디며 피해냈다.

그가 다음 걸음을 내디뎠을 때는 이상인의 옆으로 가 있었다.

세 남자는 강해가 멈춰 선 다음에야 그가 기공포를 피한 뒤, 옆으로 돌아와 있음을 알 수 있었다.

턱.

강해는 이상인의 뒤통수에 손을 가볍게 얹었다.

'이런 일로 죽이는 건 좀 그렇지?'

콰아아아아아앙—!

그는 이상인의 안면을 바닥에 처박았다.

그리고 문득 든 생각.

'힘 조절을 잘못했나?'

강해는 이상인의 뒤통수에서 손을 천천히 떼며 고개를 갸우뚱거렸다.

'죽지는 않았겠지?'

이상인의 손이 움찔거리는 게 보였다.

강해는 입가에 옅은 미소를 머금었다.

'죽지는 않았나보네.'

그는 함부로 사람을 죽이지는 않는다. 이런 사소한 시비로 목숨까지 끊는 것은 너무 가혹하지 않은가.

머리가 땅에 심어지듯 처박혀 뇌손상을 입었고, 어쩌면 평생 장애를 안고 살아가야 될지도 모르는 게 더 잔인하고 가혹한지도 모르지만.

그는 그런 남자였다. 상대가 인간이라면, 가능한 죽이는 것은 피했다.

죽여야 된다고 판단하는 순간 가차 없고, 어디까지나 이성을 잃지 않았을 때의 얘기지만.

강해가 고개를 드는 순간이었다.

"이 새끼가아아아아—!"

이상문이 마나를 끌어올린 채 달려들었다.

'기공권.'

그의 전신에 노란빛이 옅게 뿜어져 나왔다.

강해는 그를 흥미롭다는 듯이 쳐다봤다.

'마나를 체내에서 변환해 내뿜는 건가?'

이상문은 오른발을 내딛는 동시에 오른쪽 주먹을 내질

렀다.

'다연발!'

강해가 왼쪽 손바닥을 펴 그의 주먹을 막았다.

터터터터터텅!

그는 가볍게 기술을 막아냈는데, 따가움조차 느껴지지 않는 듯 지루한 표정을 지었다.

이상문은 당황하며 곧바로 왼쪽 주먹을 휘둘렀다.

'기공권! 다연발!'

터터터터터텅!

또다시 오른쪽 손바닥으로 가볍게 막았다.

강해의 얼굴에는 지루함과 실망감이 묻어났다.

'이거야 원… 안 죽이기도 힘들겠네.'

이상문은 잡힌 두 주먹을 빼내려고 했지만 꼼짝도 하지 않았다. 그가 안간힘을 쓰며 몸부림을 쳐도 소용없었다.

그의 두 주먹을 잡고 있는 강해의 양손과 두 팔은 미동조차 하지 않았다.

그때 이상구가 옆에서 달려들었다.

'철괴!'

그는 전신을 강철처럼 만드는 동시에 오른쪽 하이킥을 날렸다.

쩌억!

"커헉…!"

강해는 잡고 있던 이상문을 방패로 삼았다.

이상구의 하이킥은 이상문의 측두부에 꽂혔다.

"형제를 때리면 안 되지."

강해가 조롱하듯 말했다.

이상구는 두 눈을 번뜩이며 오른쪽 주먹을 치켜들며 달려들었다.

"이 개새끼가!"

강해는 헤죽거리며 잡고 있는 이상문을 내세웠다.

이상구는 인상을 구기며 달려들지 못했다. 이리저리 움직여 틈을 노렸지만, 강해가 몸을 살짝살짝 틀며 이상문을 내세웠으니까.

이상구는 답답한 마음에 소리쳤다.

"어떻게 좀 해봐!"

이상문은 그제야 마나를 끌어올리며 양발을 들어 올렸다.

'기공권 다연발!'

그 순간이었다.

팡! 뚜두두둑!

"아아아악—!"

강해가 그의 두 주먹을 움켜쥔 채 빨래를 털듯이 휘둘렀다.

이상문은 양쪽 어깨 관절이 빠지며 몸을 축 늘어트렸다. 그는 입에서 침까지 흘려가며 소리를 질러댔다.

NEO MODERN FANTASY STORY

2. 버서커의 힘

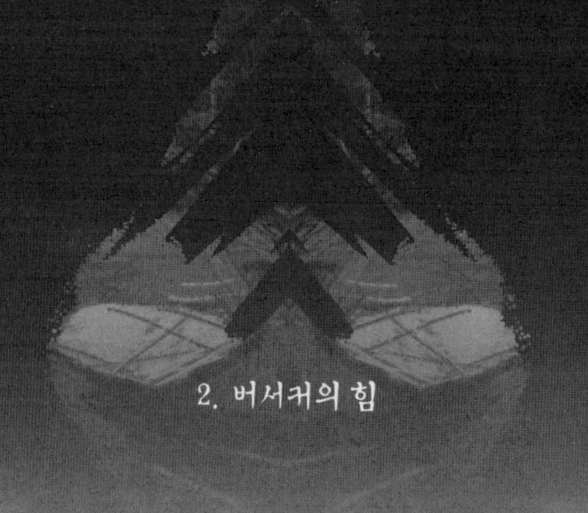

2. 버서커의 힘

이상구가 두 눈을 번뜩이며 왼발로 바닥을 박차 뛰어올랐다.

"죽어!"

그는 철괘를 사용한 채 오른발을 차올려 강해의 안면을 노렸다.

강해는 양손으로 잡고 있던 이상문의 두 주먹을 놓은 뒤, 이상구와 두 눈을 마주쳤다.

'살의.'

강해의 두 눈이 붉은빛을 머금으며 일순간 번쩍거렸다.

"억…!"

쿵.

뛰어올랐던 이상구가 갑자기 몸을 비틀며 쓰러졌다. 그는 자신의 가슴을 움켜쥐고는 순식간에 식은땀으로 흠뻑 젖어선 거친 호흡을 몰아쉬었다.

쓰러진 이상구는 무슨 일이 일어난 것인지 알 수 없다는 시선만 보냈다.

"말도 안 돼… 마나랑 주문력도 낮은데, 대체 이게 무슨…!"

강해는 살의를 거두는 동시에 이상구의 턱을 가볍게 걷어찼다. 그는 그대로 정신을 잃고 쓰러졌다.

마나, 주문력, 그것들은 강해에게 무의미했다.

그는 버서커.

피와 분노로 싸우는 광전사이다.

그는 쓰러진 세 남자를 내려다보며 아쉽다는 듯이 입맛을 다셨다.

전투가 부족하기 때문이다. 전투광이기도 한 그에게 지금 싸움은 아쉬움만 남겼다. 제대로 된 기술조차 쓰지 않았다.

그가 쓴 기술이라곤 살의 하나뿐.

살의는 전투에 돌입하기 위한 기술 중 하나였고, 순간적으로 상대방의 움직임을 느리게 만드는 효과가 있다.

강해는 살의에 쓰러진 이상구를 한심하다는 듯이 쳐다봤다.

'고작 살의 하나에 심장마비를 일으키다니….'

그는 양쪽 어깨가 빠져 있는 이상문에게로 다가섰다. 그는 공포에 질린 얼굴을 하고 있었다.

강해가 나지막이 물었다.

“이것들은 어디다 팔면 되지?”

이상문은 눈물까지 흘리며 간절하게 말했다.

“살려주세요, 제발 살려주세요. 목숨만은 살려주세요. 부탁입니다.”

다 큰 사내가 울먹거리는 목소리란 듣기 좋지 않다.

강해는 그를 한심하다는 듯이 쳐다보다가 말했다.

“그러니까 묻는 말에 잘 대답해.”

“네, 네. 네, 그럴게요, 네, 그래야죠.”

아까까지만 해도 강해를 비웃던 이상문은 공손해져 있었다.

“두 번 안 묻는다. 이것들은 어디다 팔면 되지?”

강해는 눈짓으로 타우로스의 뿔들과 두 다리를 가리키며 물었다.

이상문은 이해가 안 된다는 듯이 그를 올려다보며 되물었다.

“진짜 몰라서 물어보시는 겁니까?”

“묻는 말에만 대답하라고 했다?”

“네, 네. 가장 간단한 방법은 몬스터 사체처리 업자를 부르는 것이죠. 그럼 해체 작업부터 시체 수거까지 전부 다 해줍니다. 대신 출장비 때문에 약간 손해를 보고요.”

"계속 말해."

"아니면 상점에 직접 가셔도 되지요. 헌터들의 장비나 몬스터 관련 상품, 마석을 거래하는 'HM상점'에 가셔도 되고요. 아니면 블랙마켓에 가시는 방법도 있습니다."

HM상점은 헌터의 H와 몬스터의 M을 합쳐 그와 관련된 상점을 통칭하는 것이었다.

블랙마켓은 말 그대로 암시장을 뜻했다.

이상문이 말했다.

"뭐, 겨우 1성급 몬스터나 마석으로 블랙마켓에 가는 일은 적지만, 세금을 떼이지 않으니 이득은 이득이죠. 탈세만 잘하면…."

헌터는 협회 소속을 제외하고는 클랜이든 프리랜서이든 개인 사업자(프리랜서) 기준으로 원천징수세율을 적용한다.

헌터들의 모든 소득에 대해 전부 세금이 부과되는 데는 어려움이 있는 실정이었지만.

강해가 물었다.

"업자들은 얼마나 떼어가지?"

"저건 20만 원 정도 떼어갈 겁니다. 해체작업은 저희가 다 마쳐놓았으니까요."

몬스터 사체처리 업자들이 받는 보수는 몬스터의 크기와 무게, 해체 작업의 난이도에 따라 달라졌다.

강해는 쓸데없는 데 시간을 낭비하기보다는 빠르게 처리하고, 이 세상에 대해 좀 더 빠르게 알아가야겠다고 생각했다.

끓어오르는 피를 달랠 겸 던전에도 가고 싶었고.

강해는 이상문의 휴대폰으로 사체처리 업자들을 불렀다. 대표번호로 전화를 받고, 가장 가까운 지점에서 5분도 안 돼서 나왔다.

해체 작업도 마쳐져 있으니 그들은 와서 타우로스의 사체를 실어갈 뿐이었다.

뿔 두 개에 210만 원, 다리 두 개에 200만 원, 거기서 업자들의 몫이 20만 원이었다.

강해의 손에 쥐어진 돈은 총 390만 원.

"이거 좀 짠 거 아닌가? 5분도 안 걸린 거 같은데 20만 원이나 받아갑니까?"

남자는 쓰러져 있는 삼형제를 힐끗 보고는 긴장된 목소리로 대답했다.

"저희도 남겨먹어야지요. 인건비랑 기름 값 생각하면 남는 것도 없어요. 그리고 가치가 없는 부분들을 저희가 수거해가니까요. 물론, 거기서 돈이 되는 부분들에 대해선 다 계산해드립니다."

"그럼 업자들 부를 때 한 명만 부르고, 내가 들어서 실어주면 돈을 적게 받나?"

"물건을 파는 곳까지 같이 가시면 그렇죠. 거기 가서도 물건을 내려야 되니까요. 그런데 그럴 거면 보통 업자들을 안 부르시죠. 시간을 아끼기 위해 부르시는 거 아닙니까?"

강해는 이해했다는 듯이 고개를 끄덕거렸다.

'하긴, 이 사람들도 먹고 살아야지.'

타우로스의 해체된 다리 하나를 나르는 데 일반인들은 기구까지 사용해야 했다.

'많이 남겨먹는 거 같지도 않고.'

남자가 말했다.

"물건은 제값을 쳐드렸습니다. 어느 상점을 가도 이 가격 이상은 힘들 겁니다."

"무슨 말인지 알겠습니다."

"그럼 또 이용해주십시오."

"아, 잠깐만요."

"예?"

강해가 마석을 꺼내들었다.

"이건 얼마입니까?"

"1성급 마석이군요. 중급 정도로 보이고요."

"그래서 얼맙니까."

"한 250만 원 정도 나올 거 같은데… 260만 원까지 쳐드리죠."

강해는 양팔을 축 늘어트린 채 주저앉아 있는 이상문에게로 시선을 옮겼다.

"적당한 거 같냐?"

"예? 아, 예. 그 정도로 보이네요."

"오케이."

업자들은 마석까지 매입한 뒤에 자리를 떴다. 그들은 가기 전에 삼형제를 병원에 실어다줘야 되냐고 물었다. 비용은 택시요금만 받겠다고 하면서.

강해가 "구급차가 오고 있으니 괜찮습니다."라고 단칼에 거절했지만.

이상인과 이상구는 아직도 정신을 잃은 상태였고, 이상문은 강해의 눈치를 보며 입을 다물고 있었다.

강해는 10만 원권으로 받은 650만 원을 주머니에 쑤셔 넣었다.

'세금은 어떻게 뗀다는 거지? 공식적인 일에서만 떼나? 종합소득세 신고 때 폭탄 맞으려나?'

머리 위로는 드론이 둥둥 떠다니고 있었다.

나라에서 던전과 몬스터 감지를 위해 띄워놓은 것이고, 감시카메라 역할도 한다고. 전부 마석을 에너지원으로 사용해 만들어져 고가이기에 손상을 입히면 반드시 보상해야 됐다.

강해가 물었다.

"헌터들은 던전을 어떻게 찾아가지?"

이상문은 처음부터 지금 이 순간까지 그가 물어보는 질문들을 이해할 수 없었다.

분명 엄청난 힘을 가지고 있는데, 일반인들도 다 아는 사실들을 물어봤으니까.

하지만 그러한 의문점에 대해 물어보지는 못했다.

이상문은 그저 강해의 질문에 대답을 늘어놓을 뿐이었다.

"방법은 다양하죠. 직접 찾아다니기도 하지만… 일반적으로 헌터 협회의 공식 사이트나 커뮤니티 사이트에 들어가면 올라옵니다. 협회에 헌터로 등록하면 문자로 알려주기도 하고, 클랜들은 자체적으로 또 일거리들을…."

"알겠어, 대충 어떻게 돌아가는지 알겠네."

그는 이상문의 휴대폰으로 커뮤니티 사이트에 접속해 근처에 있는 던전을 검색했다.

건대입구역 인근에 3성 하급에서 중급 정도로 추정되는 던전이 있었다. 생겨난 지 2시간이 채 안 된 곳이었다.

강해가 물었다.

"여기 들어간다고 신청하면 되는 건가?"

"헌터 등록은 돼 있으신 거죠?"

"아니, 네 이름으로 등록하려 하는데."

"그건 불가능합니다."

강해가 미간을 찡그리며 "왜?"라고 묻자, 이상문은 마른 침을 삼키고 대답했다.

"제 이름으로 하시는 거에 대해 불만을 가지는 게 아닙니다. 저는 2성급밖에 안 돼서 그렇습니다. 제가 혼자 들어설 수 있는 던전은 2성급이 최대치입니다."

헌터는 보통 동급 던전에만 들어설 수 있다. 그리고 업적을 쌓아 등급을 올리고, 그 다음 단계로 넘어가는 것이다.

혹은 많은 인원들이 팀을 짜거나, 높은 등급의 헌터를 포함해 보조인원으로 들어가는 방법이 있다.

결국 이상문 하나의 이름으로 3성급 던전에 들어서는 것은 불가능했다.

강해가 물었다.

"삼형제 이름 전부 올려도 안 되나?"

"안 됩니다. 그래봤자 2성급만 세 명이니까요. 게다가 하나는 헌터로 등록도 안 했고요. 신청해도 아무런 소용이 없어요."

"그래? 벌써 했는데? 그럼 그냥 들어가야겠다."

"등록을 안 하면 다른 헌터들이 던전에 들어올 수도 있어요. 거기서 마찰이 생길 수도… 잠깐, 벌써 신청하셨다고요? 그런…."

강해는 그의 말을 무시하고 물었다.

"네 능력치가 몇이지?"

이상문은 속으론 답답해하면서도 질문에 순순히 대답했다.

[이상문]

나이 : 29세

신장 : 177cm

체중 : 72kg

종족 : 인간

특성 : 기공권

근력 (101) 체력 (105) 민첩성 (103)

정신력 (100) 주문력 (102) 잠재력 : 62

능력치는 헌터에게만 표기된다. 지구상에 있는 모든 헌터들은 인간이다.

강해는 미간을 찡그리며 생각했다.

'종족은 왜 있는 거야?'

몬스터들에게서는 능력치를 파악할 수 없다. 존재의 유무조차 확실치 않다.

존재한다 해도 해당 몬스터만이 알고 있다. 때문에 감지되는 마나의 양으로 등급을 나누는 것이고.

헌터들은 잠재력을 제외한 평균 능력치로 등급을 나눈다.

능력치를 공개해 등급을 나누는 것은 아니지만, 스스로 어느 정도의 수준인지, 어떤 던전에 진입할지, 몇 성급의 몬스터를 상대할 수 있을 것인지 대략 파악할 수 있었다.

1등급은 잠재력을 제외한 평균 능력치가 100 미만, 2등급은 200미만, 3등급은 300미만, 10성급은 1,000 이상이었다.

강해는 고개를 천천히 끄덕거리다 "대충 알겠어. 일단 던전으로 가야겠다."라고 하며 몸을 돌리려 했다.

이상문이 말했다.

"등록을 안 하면 다른 헌터들과 마찰이 있을 수 있습니다. 제 이름으로는 등록을 해도 소용이 없고요. 아마 진입 불가라고 메시지가 떴을 거예요. 전 분명히 말씀드렸어요. 나중에 제 탓을 하시거나 하면…."

강해가 그의 말허리를 잘랐다.

"다른 헌터들 오기 전에 처리하면 되지."

그가 다시 몸을 돌리려 하는데, 이상문이 다급하게 소리쳤다.

"잠시만요!"

"뭐야, 또 왜?"

이상문이 조심스럽게 물었다.

"당신… 정체가 뭡니까?"

강해가 미간을 찡그리며 되물었다.

"그건 뭔 말이야?"

"분명히 인간인데… 인간인 것은 분명한데 느껴지는 마나가……."

강해는 분명 인간의 모습이었고, 인간의 기운을 뿜어냈다. 하지만 던전이나 몬스터에게서 느껴지는 그 느낌이 드리워 있었다.

❖

이상문이 말했다.

"마나의 양은 분명 1성 하급 수준인데… 그렇게 강한 것도 이해가 안 되고…."

"네놈이 알 거 없잖아?"

강해는 휴대폰을 잠시 들여다보며 만지작거리다 그의 앞으로 툭 던졌다.

"119에 전화 걸어놨다."

그는 그 말을 남기고 건대입구역을 향해 걸음을 옮겼다.

이상문은 잠시 강해의 뒷모습을 멍하니 쳐다보다가 전화기에 대고 다급히 말했다.

"아, 여기 부상자가 있습니다! 뚝섬유원지역 3번 출구 쪽이요! 세 명이요!"

❖

강해는 금세 건대입구역 로데오거리 쪽에 생겨난 던전 앞에 다다랐다.

돌무더기를 쌓아 입구만 만들어놓은 것 같은 모양새였다.

던전을 본 그는 모든 것이 이해가 됐다는 듯 "이래서 그런 건가…."라고 중얼거렸다.

던전에서 뿜어져 나오는 마나는 사람에게 느껴지는 것과 조금 다른 성질이었다. 타우로스에게 느꼈던 것과 같았다.

즉, 던전과 몬스터는 같은 성질의 마나를 뿜어낸다.

그리고 입구에는 푸른빛과 검붉은 빛이 서려 있었다.

강해가 '더 판타지아'에서 지났던 터널과 비슷했다. 완전히 같지는 않았다.

이상문은 강해에게서 느껴지는 마나가 보통 인간과 다르다고 했다. 그렇다고 몬스터나 던전에서 느껴지는 것과도 달랐다.

당연히 그 역시 스스로의 마나를 느낄 수 있었다.

분명 다른 헌터들이 가진 마나를 품고는 있었지만, 그 안에 몬스터나 던전에서 느껴지는 것이 뿌려지고, 또 다른 무언가가 둘러싸고 있는 듯한 느낌.

그것은 복합적인 이유에서 나오는 것이었다.

하나는 강해가 다른 세계에서 넘어온 존재이기에 그랬다.

'더 판타지아' 에서 오랜 세월을 보내고, 힘을 쌓아왔기 때문이었다. 시간과 차원을 뛰어넘는 터널을 지나온 탓도 있었다.

이러한 요소들은 강해의 능력치가 제대로 드러나지 않는 것에도 영향을 미쳤다. 다른 이유도 있었지만.

또 다른 하나는 그의 이질적인 힘, 버서커이기 때문이었다.

다른 헌터들은 마나로 특수한 능력을 사용하며 싸운다.

하지만 강해는 다르다.

그는 피와 분노로 싸운다.

그 이질감이 다른 헌터들에게 전해지는 것이다. 하지만 이것은 마나와 다르기에 다른 헌터들이 제대로 느낄 수는 없었다.

그저 무언가가 더 있는데, 하고 유추만 해볼 뿐이다.

결국 다른 헌터들이나 몬스터들이 강해에게서 느끼는 것은 현재 정신력 14, 주문력 16으로 인해 뿜어지는 마나뿐이었다.

게다가 발전 가능성이 없는 헌터들에게서나 드러난다는 잠재력 측정불가.

그가 얕보일 수밖에 없는 이유였다.

실제로는 훨씬 강한데도 말이다.

'들어가 보실까….'

강해는 아무런 망설임도 없이 던전에 들어섰다.

그의 머릿속에 한 문구가 떠올랐다. 능력치를 확인할 때처럼 눈앞에 생생히 보이는 듯하기도 했다.

〈던전 안의 몬스터를 모두 처리하세요.〉

던전에 들어선 그가 헛웃음을 쳤다.

'퀘스트… 라고 봐야 되나? 안 그래도 다 처리할 생각이다만.'

겉에서는 몇 평 차지하지도 않던 던전이 안쪽은 드넓은 동굴로 변해 있었다.

그리고 들어설 때의 그 느낌은 터널을 지날 때와 동일했다.

'이건… 던전이라기보다는 다른 공간으로 통하는 터널에 가깝겠어.'

강해는 던전의 입구가 터널과 흡사하고, 들어설 때의 느낌마저 동일했기에 자신이 머물던 세상 '더 판타지아'와 연결되는 건 아닐까, 하고 생각했다.

하지만 던전에 들어와 보니 그런 것 같지는 않았다.

'공기가 달라.'

강해는 조금의 주저함도 없이 걸음을 내디뎠다.

'뭐가 나오려나?'

그의 두 눈에는 기대감이 들어차 있었다. 위기감이라곤 없었다.

2성급 헌터 3명을 어린애 데리고 놀듯이 제압했으니, 그보다 한 단계 위인 몬스터 정도에게 두려움을 느낄 리가 없었다.

'돈 좀 벌어서 이사부터 가야지. 세상을 제패했었는데, 지하 단칸방에서 계속 살 수는 없잖아?'

동굴이지만 벽과 천장에서 은은한 푸른빛이 뿜어져 나와 시야는 밝은 편이었다.

몇 걸음 내딛지 않아서였다.

"크르릉!"

"크르르…!"

3성 하급 몬스터인 '하운드' 네 마리가 기다리고 있었다.

놈들은 전부 두 눈을 붉게 번뜩이며 이빨을 드러냈다.

시커먼 사냥개 같은 모습이지만, 하나하나의 덩치는 코뿔소 수준이었다. 그 몸집으로 순간 속도는 치타보다 빨랐다.

강해는 "기대하고 들어왔는데 고작 똥개라니… 조금 실망인데."라고 중얼거렸다.

하운드 하나가 입을 쩍 벌리고 달려들었다.

강해는 놈의 커다란 입에 오른팔을 들이밀었다.

빠드득!

돌도 씹어 부수는 놈의 이빨이 강해의 팔은 파고들지 못했다. 바늘에 찔린 수준으로 피가 나는 정도.

강해는 아프기는커녕, 시원함을 느꼈다.

게다가 깨문 하운드의 이빨은 살짝 금이 갔다.

나머지 하운드들도 강해에게 달려들어 목과 왼팔, 오른쪽 다리를 물어뜯었다.

빠득, 빠드득, 빠득, 빠직!

강해는 허허 웃으며 하운드가 물고 있는 왼팔을 움직였다.

그러고는 왼손으로 목을 물고 있는 하운드의 등을 천천히 토닥거렸다.

"몸 풀기도 안 되는구만."

그의 두 눈에서 붉은빛이 흘러나왔다.

'피 폭발.'

쿵!

강해를 중심으로 주위에 붉은 피로 둥그런 원이 그려졌다.

그 시점에서 하운드들은 충격을 받고 뼈가 으스러지며 몸이 붕 떴다.

콰콰콰콰콰콰콰콰콰콰콰, 콰아앙—!

붉은 피가 원 안을 가득 채우며 솟아올랐다. 마구잡이로 몰아치는 피의 홍수와 같았고, 천장까지 닿았다.

그 안에 휘말린 하운드들은 믹서기에 넣고 돌린 것처럼 사라졌다.

마나로 감지할 수 없는 강해만의 기술이었다. 하운드가 깨물어 흘린 피 몇 방울로 사용한 것이다.

과거에는 피를 한 바가지 쏟아내고, 빈혈까지 겪어야 사용할 수 있는 기술이었지만, 지금은 피 몇 방울로도 이 정도 위력이 가능했다.

피 폭발이 멈추고, 그 자리에는 말끔한 모습의 강해와 공중에 둥실둥실 떠 있는 마석 두 개가 남아 있었다.

하운드는 총 네 마리였지만, 마석을 뱉어낸 것은 두 마리뿐이었다.

강해는 마석들을 챙기며 아차 싶은 듯 미간을 찡그렸다.

"아, 맞다. 사체도 돈이 되는데 다 갈아버렸네."

그는 아쉬워하면서도 '똥개가 돈이 되면 얼마나 되겠어.' 라고 생각하며 걸음을 내디뎠다.

강해는 마석을 손에 쥔 채 마석에서 마나를 감지했다.

'그리 등급이 높지는 않겠어.'

3성급인 하운드를 잡았지만, 타우로스에게서 나온 마석에 비해 압도적인 마나가 느껴지진 않았다.

'뭔가 더 없나? 이번에는 힘 조절 좀 해야지.'

동굴의 크기에 비해 몬스터는 많지 않았다. 강해는 하운드 네 마리를 잡은 이후로 5분 가까이 걸었는데도 몬스터와 마주치지 못했다.

그는 이내 뛰기 시작했고, 금세 동굴의 끝자락에 다다랐다.

그곳에는 몬스터 두 마리가 기다리고 있었다.

하운드, 그리고 그 위에 타고 있는 3성 중급 몬스터 '붉은 뱀 코볼트' 였다.

코볼트는 여러 종족으로 나뉘어 있다. 종마다 생김새와 크기, 지능, 힘까지 전부 달랐다.

공통점이라면 이족보행을 하며 양손을 자유롭게 쓰고, 무기를 사용한다.

눈앞의 놈은 성인남자와 비슷한 크기에 붉은 비늘을 두른 뱀의 얼굴이었다.

놈은 오른손에 창을 들고 있었는데, 날붙이는 식칼을 달아놓은 듯했다.

"크르릉!"

"크르락!"

두 몬스터는 강해를 경계했다.

강해의 얼굴에는 미소가 머금어져 있었다.

"붉은 뱀 코볼트잖아!"

타우로스나 하운드는 그와 흡사한 몬스터는 봤어도 종이 달랐다.

눈앞의 붉은 뱀 코볼트는 다른 세상인 더 판타지아에서 봤던 종이었다. 미세하게 다른 부분이 있긴 했지만.

하운드가 입을 쩍 벌리며 뛰어들었다.

그 위에 탄 코볼트는 오른손의 창으로 내리찍을 듯이 치켜들었다.

강해는 오른손을 쭉 뻗었다.

'원래는 무기가 있어야 되지만….'

하운드의 이빨과 코볼트의 창이 날아들었다.

'참격.'

퍼억!

강해가 붉은빛을 머금은 손날을 세워 옆으로 크게 휘둘렀다.

손날은 하운드의 안면을 후려쳤는데, 그 순간 놈의 머리뼈가 다 부서졌다.

콰아아앙—!

하운드는 그대로 날아가 벽에 처박히며 즉사했다.

위에 타고 있던 코볼트는 균형을 잃었지만, 양손으로 창을 고쳐 잡으며 공격하려 했다.

턱.

강해의 왼손이 코볼트의 안면 위를 덮었다.

'레이지 임팩트.'

퍼엉—!

그의 손바닥에서 강렬한 충격파가 나가며 코볼트의 안면을 터트렸다.

두 몬스터의 사체에서는 마석이 나와 공중에 떠올랐다.

강해는 미소를 머금은 채 마석을 챙겼다.

그때 던전 내부 전체에 진동이 일어나기 시작했다.

강해가 던전에 있는 모든 몬스터를 죽였기에 재구성을 준비하는 것이다.

던전은 솟아날 때도, 재구성이 일어날 때도 평균적으로 여섯 시간 내외가 걸린다.

때문에 던전은 솟아나기 전부터 마나 감지로 위치를 파악할 수 있다.

강해는 왼손에 하운드의 시체를, 오른손에 코볼트의 시체와 창을 챙겨서는 던전 밖으로 향했다.

던전의 입구와 출구는 단 하나뿐, 그는 처음 들어온 곳을 통해 밖으로 나갔다.

던전 앞에는 한 남자가 서 있었다.

강해는 그를 본 척도 하지 않으며 양손에 잡고 있던 하운드와 코볼트를 바닥에 내려놓았다.

그리고 나서야 마치 자신을 기다리고 있던 것처럼 보이는 남자와 눈을 마주쳤다.

"그쪽은 누구신지? 나한테 무슨 볼일이라도 있으신가?"

남자가 고개를 가볍게 꾸벅이고는 말했다.

"안녕하십니까, 최강해 씨. 저는 헌터 협회 소속 김우태라고 합니다."

강해는 그를 보며 능력치를 떠올렸다.

[김우태]

특성 : 워터 엘리멘탈

잠재력 : 303

의외였다.

이상문은 제대로 던전에 진입 신청을 하지 않으면 다른 헌터들과 마찰을 일으킬 수 있다고 했다.

강해는 던전 진입 신청을 하지 않고 들어온 것이나 마찬가지인 상황.

그렇기에 김우태를 처음 봤을 때 던전에 진입하려는 다른 헌터일 거라고만 생각했다.

자신이 진입을 해둔 상태인데 왜 멋대로 들어가서 이득을 취했냐, 그런 식으로 따지고 들 거라 예상했다.

하지만 김우태는 정중히 인사를 건네며 헌터 협회 소속이라 말하고 있었다.

강해가 물었다.

"그래서 저한테는 무슨 볼일이십니까?"

"지금 던전에는 2성 헌터인 이상문 씨가 진입 요청을 했던 게 확인되더군요."

"그런데요? 제가 이상문이 아닌 건 알고 오신 거 같은데."

"예, 그렇죠. 그거야 이름은 바로 확인이 되니 당연한 거기도 하고요…."

김우태는 바닥에 내려놓은 붉은 뱀 코볼트와 하운드의 시체를 본 뒤, 진동이 일어나고 있는 던전을 힐끗 쳐다봤다.

그러고는 다시 강해와 눈을 마주쳤다.

"던전도 처리하신 거 같고… 뚝섬유원지역의 타우로스도 본인이 잡으신 거 맞죠?"

"예, 그렇습니다만? 요점이 뭡니까? 몬스터를 죽인 게 무슨 문제라도 됩니까?"

김우태는 입가에 미소를 머금은 채 말했다.

"진입 요청을 한 이상문 씨 그리고 그의 형제들은 제압을 당했던데… 최강해 씨가 한 거 맞으시죠?"

"정당방위였습니다."

"예, 알고 있습니다. 그 부분에 대해서 따지러 온 것은 아닙니다. 협회에서 헌터들 간의 싸움에 일일이 다 끼어들 수는 없으니까요. 조율하고 싶어도 다 할 수가 없죠."

NEO MODERN FANTASY STORY

3. 헌터 협회

만렙 버서커

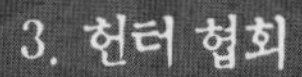

3. 헌터 협회

헌터들 간의 전투는 비일비재하다. 나라에서 운영하는 협회에선 이를 두고 보는 실정이다.

초기에는 헌터들 간의 폭행도 전부 체포했다. 하지만 그로 인해 얻는 긍정적인 효과보다 부정적인 면이 컸다.

우선 체포대상이 헌터인지라 그 과정 자체가 쉽지 않았다.

도리어 체포하러 출동한 협회 측의 헌터가 당하는 경우도 적지 않았고.

이로 인해 던전에 들어가 몬스터를 처리해야 되는 헌터들의 숫자가 줄었다. 물의를 일으킨 헌터, 그를 체포하러 가는 헌터 그리고 체포된 헌터까지.

결국 헌터가 진입하지 못하는 던전들이 생겨나고, 몬스터들이 빠져나오는 사태까지 이르렀다.

이에 헌터 협회는 정책을 바꾼 것이다.

여전히 헌터들 간의 전투는 불법이지만, 암묵적으로 허용되고 있었다.

단, 블랙마켓에 관여된 범죄자들은 체포하기 위해 적극적으로 움직이고 있다.

김우태가 말했다.

"하지만 던전에 진입 신청을 한 건 문제가 됩니다."

"무슨 말입니까?"

"이상문 씨의 이름으로 던전에 들어서는 건 안 된다는 말이죠. 다행히 던전은 처리하신 거 같습니다만… 그래도 불법은 불법입니다."

강해는 눈썹을 살짝 찡그리며 물었다.

"그래서 어떻게 되는 겁니까?"

"그래서 말이죠…."

김우태는 다소 굳은 표정으로 알 수 없는 눈빛을 보냈다.

강해는 조금도 흔들림 없이 그와 똑바로 눈을 마주쳤다.

김우태가 품에서 종이뭉치를 꺼내더니 펜으로 끼적거렸다. 그러고는 그 종이 한 장을 뜯어서 내밀었다.

"과태료 5만 원입니다. 다음에 또 그러시면 안 됩니다. 두 번째부터는 20만 원, 세 번째는 구속되실 수도 있어요."

강해는 멀뚱멀뚱 그를 쳐다보고 있었다.

'뭐야?'

김우태는 얼른 받으라는 듯이 고지서를 가볍게 흔들었다.

"받으세요."

강해는 고지서를 받아들며 물었다.

"이걸로 끝입니까?"

"최강해 씨의 경우 처음 그러신 거기도 하고, 던전을 말끔하게 처리한 부분이 참작된 겁니다. 만약 던전을 제대로 마무리하지 못했거나, 그로 인해 몬스터가 나오기라도 했다면 처벌이 좀 더 무거워졌겠죠."

그는 과태료 용지 묶음을 품으로 넣으며 말을 이었다.

"이상문 씨의 경우 2성 헌터인데 3성 던전에 진입 신청을 한 거라 제가 곧바로 조사를 하러 나왔기에 그럴 일은 없었겠지만요."

그가 펜으로 고지서를 가리키며 말했다.

"그건 나중에 은행이나 가까운 협회에서 납부하시면 됩니다."

"예… 알겠습니다."

김우태가 미소를 머금은 채 말했다.

"그럼 이제 다른 얘기로 넘어가볼까요?"

"더 할 얘기가 남아 있습니까?"

"예, 몇 가지 더 여쭐 게 있습니다. 최강해 씨는 아직 헌터로 등록을 안 하셨던데요?"

"네, 그렇습니다만? 그것도 과태료가 나오나요?"

김우태는 피식 웃어 보였다.

"아니요, 그런 건 아니고요. 등록하시지 않는 이유가 있으신지?"

"어쩌다보니 그렇게 됐네요."

"3성 하급내지는 중급은 되는 던전을 혼자 처리하셨으니 최소 3성급이신 건데… 지금이라도 협회에서 등록하시는 게 어떠십니까?"

헌터 등록은 일종의 자격증 발부였다. 전산에 다 등록이 돼서 큰 의미는 없지만, 헌터자격증이 따로 나오기도 한다.

등급이 매겨지고, 던전에 진입 신청을 해두면 다른 헌터들과 일자리가 겹치는 일을 미연에 방지할 수 있다.

등록된 헌터는 협회나 클랜 소속이 될 수도 있고, 무소속으로 활동할 수도 있다.

강해가 잠시 뜸을 들이고 있을 때, 김우태가 물었다.

"아니면… 등록을 꺼리시는 특별한 이유라도 있는 겁니까?"

그의 눈빛에는 의심이 흘렀다. 강해가 블랙마켓에 관여돼 헌터 등록을 피하는 걸지도 모른다는 가정을 하는 것이었다.

그렇게 되면 삼형제와 전투를 벌인 것도 다른 조사가 들어가게 된다. 다른 범죄와 연루돼 있을지도 모르니까.

강해는 고개를 가볍게 저으며 말했다.

"딱히 그렇진 않습니다."

김우태의 눈빛이 부드러워졌다.

"그럼 등록하러 가시겠습니까? 잘 알고 계시겠지만, 협회에서는 많은 헌터들이 보다 활발하게 활동해주길 권장하고 있습니다. 던전을 없애고, 범죄자들을 체포해서 보다 살기 좋은 세상을 만들어야 하지 않겠습니까?"

그는 미소를 지으며 말을 이었다.

"앞으로 활동하시는데 여러 가지 편의성을 고려하면 등록하시는 게 당연합니다. 그리고 지금 등록을 하시면, 방금 처리하신 던전에 대한 보상금은 받으실 수 있을 겁니다."

"보상금요?"

"예, 등록하실 거죠?"

"네, 뭐… 그럽시다. 하도록 하죠. 손해볼 것도 없는데."

김우태가 몸을 돌리며 손짓을 했다.

"지금 바로 같이 가시죠."

강해가 미간을 찡그리며 물었다.

"지금 이 시간에도 합니까?"

김우태는 고개를 끄덕이며 대답했다.

"그럼요, 그러니까 지금 이 시간에 제가 여기 나와 있죠. 헌터 등록을 이 시간에 하는 건 드물긴 합니다만, 아주 없는 일도 아닙니다."

"가기 전에 하나만 물어봅시다."

"예, 말씀하시죠."

강해는 바닥에 늘어져 있는 하운드와 붉은 뱀 코볼트의 시체를 가리키며 물었다.

"이것들… 돈 좀 됩니까?"

김우태는 다소 난감한 듯한 표정을 지었다.

"붉은 뱀 코볼트의 경우 가죽이 가치가 있긴 하지만… 수십만 원에 불과하고, 하운드의 경우는 개고기를 좋아하는 사람들이 소비하긴 합니다만… 둘 다 헌터가 굳이 거래하고 다닐 건 못 되죠."

그는 옅은 미소를 머금고 말을 이었다.

"사체처리 업자들을 불러봐야 해체비용 때문에 남는 것도 없고요."

강해는 눈썹을 찡그린 채 오른손으로 턱을 만지며 두 사체를 내려다봤다.

김우태가 말했다.

"최강해 씨?"

강해가 그에게로 시선을 옮기며 물었다.

"그럼 해체하는 거 좀 도와주시겠습니까?"

"예?"

"수십만 원도 돈 아닙니까. 하운드도 저 정도 근수면 돈이 꽤 되지 않겠습니까?"

"아, 예… 그렇죠."

"그럼 좀 도와주세요. 처리업자 불러서 수거만 시키면 되잖아요."

“아, 예….”

김우태는 떨떠름한 기색을 내비쳤지만, 강해는 아랑곳않았다.

그는 더 판타지아를 제패했을 때도 그랬다. 최강의 사내지만, 나돌아다니길 좋아하고 소시민적이었다.

친근한 최강의 남자랄까.

분노했을 때는 악마가 강림한 것 같았지만.

강해가 물었다.

“이 창은요?”

김우태는 하운드 앞에 쪼그려 앉아 대답했다.

“그건 별 가치가 없습니다.”

강해는 곧바로 창날로 붉은 뱀 코볼트의 등판 가죽을 벗겨내기 시작했다. 다른 부분은 면적이 작아 가치가 낮기도 했고, 손질이 까다로워 하지 않았다.

김우태는 얼떨떨한 표정으로 하운드를 썰었다.

허물어져가는 던전 앞, 그곳은 사람들이 많이 지나다니는 건대입구역이었다.

그나마 늦은 밤중이라 평소보다는 덜한 편이었지만, 번화가인지라 쳐다보는 눈은 꽤 있었다.

가로등 불빛에 의지해 길 한복판에서 몬스터 해체쇼를 벌이고 있는 두 남자, 주목을 받는 것은 당연지사.

게다가 붉은 뱀 코볼트의 머리는 터져 있고, 하운드 또한 머리가 박살나 있으니 흉측한 도축업자로 보인다.

몬스터의 사체를 수습하는 것은 흔한 일임에도 불구하고, 언제나 관심을 끄는 구경거리가 된다.

덕분에 일반적으로 던전 안쪽에 몬스터의 사체를 놓고, 밖에서 처리업자들을 부른다.

미관상 좋지 않기도 하고, 거리가 더럽혀지며, 애들 교육에도 긍정적으로 보이진 않으니까.

김우태는 뒤늦게 사태를 파악하고 말했다.

"저기… 아직 던전이 재구성되려면 시간이 좀 남았는데, 안쪽으로 들어가서 하는 게…."

"이제 다 끝나가는데 뭐 어떻습니까?"

"그게… 사람들이 수군거리기도 하고… 이게 보기에 좀…."

그는 주위를 둘러봤다. 휴대폰 카메라를 들이밀고 있는 사람들도 적지 않았다.

몇몇은 경악하고, 몇몇은 웃고 있기도 했으며, 그저 호기심에 쳐다보기도 했다.

구경꾼 중 술에 얼큰하게 취한 하나는 그 자리에서 토악질을 하는 바람에 소란스러워졌다.

덕분에 사람들 대부분이 자리를 떴지만.

김우태가 말했다.

"이게 좀…."

강해는 붉은 뱀 코볼트의 가죽을 다 벗기고, 사체와 창은 던전 안으로 집어던지며 말했다.

"다 됐는데요 뭐. 토한 사람 덕분에 조금만 더 하세요. 시체는 안쪽에 넣어두면 재구성되면서 묻히겠죠?"

"예, 그렇죠. 그나저나 다 하셨으면 여기 하운드 손질 좀 도와주세요."

"못합니다."

김우태는 어이가 없다는 듯이 "예?"하고 목소리를 높였다.

강해가 말했다.

"개고기 먹는 걸 반대하진 않는데, 제가 개를 키웠었거든요. 그러다보니까 고기로 유통될 개를 제 손으로 직접 써는 건 좀 그래서요."

"아니, 이놈을 죽인 건 당신이잖습니까? 그런데 해체는 못해요? 그리고 붉은 뱀 코볼트 등가죽은 아무렇지도 않게 벗겼잖아요."

"덤벼드니까 죽였죠. 몬스터를 그냥 놔둘 수도 없는 거고. 다른 사람들의 안전을 위해 죽인 겁니다. 예, 그렇습니다. 그리고 붉은 뱀 코볼트랑 하운드는 다르죠. 하운드는 생긴 게 개랑 똑같잖아요. 아, 어릴 때 키우던 우리 방울이 생각나네…."

"이미 죽은 거 써는 게 뭐가 문제입니까? 그러니까 얼른 해체 좀 도와요."

"죽인 걸 또 썰어대는 건 두 번 죽이는 거 같기도 하고, 여러 가지로 좀 그래서… 자꾸 옛날에 키우던 강아지 생각나고 그러니까…"

강해는 말끝을 흐리며 제대로 된 대답을 회피했다.

김우태는 미간을 찡그리며 말했다.

"아니, 애초에 이건 최강해 씨 몬스터인데, 제가 왜…."

그는 뭔가 말려들고 있다고 느꼈다.

"이제 못합니다. 나머지는 최강해 씨가 하세요. 아니면 해체업자를 부르셔서…."

강해가 김우태의 말허리를 잘랐다.

"에이, 그러지 마세요. 전 붉은 뱀 코볼트 손질 다 끝냈잖아요."

그는 하운드를 힐끗 쳐다본 뒤 말을 이었다.

"그런데 거기 하운드는… 완전 난도질을 해놨네. 해체작업 별로 안 해보셨구나? 괜히 손에 피 묻고, 옷 버리잖아요. 기왕 하던 거 우태 씨가 마무리해요. 하운드 값은 반 떼어드릴게."

"이거 얼마나 한다고… 그리고 원래 최강해 씨 일이잖습니까."

강해는 능글거리며 말했다.

"이미 시작한 거 끝냅시다. 남자가 한 번 시작했으면 끝을 봐야죠."

김우태는 투덜거리면서도 결국 하운드를 다시 썰기 시작했다.

❖

붉은 뱀 코볼트의 등가죽과 하운드의 가격은 총 94만 원이었는데, 거기서 몬스터 처리업자에게 5만 원을 떼어줬다.

김우태는 투덜거리며 처리업자에게 얻은 수건과 물티슈로 피를 닦아내고 있었다.

강해가 그에게 19만 원을 내밀었다.

"하운드는 진짜 개값이네. 그거 팔아서 번 돈은 다 드리는 거나 다름없어요. 그러니까 인상 좀 피시고."

"못 받습니다."

"네? 왜요, 받아요. 괜히 내가 고생시킨 거 같아서 드리는 건데."

❖

김우태는 미간을 찡그리고 말했다.

"저는 협회 소속이라 이런 거 못 받습니다."

"네? 아— 뇌물 받는 게 돼서 그러시는 건가?"

"그렇습니다."

"직접 일하신 건데도?"

"저는 협회의 일원으로서 버는 수입이 아니면 안 됩니다."

협회 소속의 헌터는 나랏일을 하는 사람, 간단하게 말해 공무원이라고 할 수 있었다.

강해가 능글거리며 말했다.

"아무한테도 말 안 할 테니까 받아요. 거기도 뒷돈 챙기고 그런 사람 많지 않나?"

김우태가 순간 두 눈을 번뜩이며 말했다.

"전 그런 돈 안 받습니다."

강해는 잠시 눈을 마주치다가 다시 히죽거렸다.

"에이, 뭐 그런 걸로 화내고 그러십니까?"

김우태는 곧바로 인상을 피며 말했다.

"죄송합니다. 민감한 부분이라… 하신 말씀이 틀린 거도 아닌데."

강해는 여유가 묻어나는 미소를 머금고 말했다.

"어느 조직이나 썩어 들어가는 부분이 있기 마련이죠."

"그렇죠. 안 그래도 고민이 많습니다. 제 위도, 아래도… 참…."

"썩은 부분은 도려내야 됩니다. 안 그러면 속이 다 썩어 버려서 통째로 버려야 되는 수밖에 없는 법이니까요. 때로는 그게 본인이라 할지라도 말이죠."

그의 의미심장한 말에 김우태는 잠시 멈춰버렸다. 강해는 분위기와 눈빛조차 변해 있어서 방금 전까지 능글거리던 사람과 동일인물이라고 생각하기 어려울 정도였다.

김우태는 숨을 쉬는 것조차 잊고 있다가 몇 초가 지나서야 가볍게 한숨을 내뱉고 걸음을 떼며 말했다.

"예… 조언 잊지 않겠습니다. 아무튼 가시죠. 시간이 많이 지체됐네요."

강해가 미소를 지어 보였다.

"그럽시다."

두 사람은 헌터 협회 건대지점을 향해 걸음을 옮겼다.

헌터 협회 건대지점에 다다를 즈음, 강해는 "잠깐만 여기서 기다려요."라고 말한 뒤에 편의점을 들렀다.

편의점에서 나온 강해는 양손에 커피를 들고 있었다.

그는 김우태에게 커피 하나를 내밀며 말했다.

"이 정도는 괜찮죠?"

김우태는 "아…."하고 무언가 말하려다 이내 미소를 지으며 커피를 받아들었다.

"예, 잘 마시겠습니다."

강해는 커피를 한 모금 마시고는 나지막이 중얼거렸다.

"맛 죽이네."

"편의점에서 파는 커피 맛인데, 뭐 그렇게 특별한 것처럼 말씀하십니까?"

"워낙 오랜만에 마셔서요."

"끊으셨었나? 헌터라 카페인 걱정을 하실 리는 없을 거고…."

강해는 미소로 대답을 대신하고는 커피를 다시 들이켰다.

그리고 마음속으로 말했다.

'40년 만에 마셔보는 커피라서 말이죠.'

두 사람은 헌터 협회 건대지점 건물로 들어섰다.

엘리베이터를 기다리던 중 김우태가 미소를 머금은 채 말했다.

"아무래도 제가 오해했던 것 같습니다."

강해는 아무런 말없이 고개를 돌려 쳐다보고 있었다.

김우태가 말을 이었다.

"혼자서 3성 던전을 처리할 정도인데, 등록조차 안 돼 있으니 의심이 갔거든요. 혐의는 없지만, 캐보면 무언가 있지 않을까… 하고요."

"그럴 수도 있죠. 그런 티를 많이 내시기도 했고."

두 사람이 엘리베이터에 올랐다.

김우태가 말했다.

"아무튼 헌터 자격시험을 따로 치르실 필요는 없으실 겁니다. 바로 등록증하고 아까 처리하신 던전에 대한 보상금을 지급해드릴 수 있도록 하겠습니다."

"저야 그러면 좋죠."

강해는 김우태의 안내에 따라 한 연구실 같은 곳으로 들어서게 됐다.

신상정보부터 파악을 하게 됐다. 모니터에는 강해의 신상정보가 떴다.

〈이름 : 최강해〉

〈주민등록번호 : 840229-1XXXXXX〉

강해는 미간을 찡그렸다.

'뭐야? 난 분명히 88년생인데? 왜 네 살 많아졌지?'

김우태는 휘둥그레진 눈으로 모니터 화면에 뜬 신상정보와 강해를 몇 번이나 번갈아 쳐다보다가 물었다.

"이거… 최강해 씨 본인 맞습니까?"

화면에는 강해의 주민등록증 사진이 떠 있었다. 태어난 연도는 달라져 있었지만, 사진은 까마득한 기억 속 그대로였다.

지금의 모습으로 변하기 전, '더 판타지아'로 가기 전, 강해조차 잊고 있던 그 모습이었다.

이곳에서는 4년이지만, 강해가 실제로 보내온 시간은 40년.

사진 속 과거의 자신이 어색하기만 했다.

강해는 굳이 사진이 다른 것에 대해 언급하지는 않았다. 주민등록상 자신의 정보가 어떻게 됐는지는 그리 중요하지 않았으니까.

그에게 나이란 숫자에 불과하다는 말이 현실이 된지 오래다.

"예, 일단은… 저 맞네요."

강해가 고개를 끄덕거렸다.

김우태는 왼쪽 눈을 가로지르는 똑같은 흉터를 본 뒤에 말했다.

"흉터가 같긴 하신데…."

강해가 씩 웃어 보였다.

"어쩌다보니 얼굴이 많이 변했네요."

그의 변화가 담긴 기록은 거기서 끝이 아니었다.

병역정보.

강해가 신체검사를 받았을 때의 키는 174.5센티미터, 체중은 69킬로그램이었다.

현재는 186센티미터에 가뭄이 일어난 듯 쩍쩍 갈라지는 근육으로 꽉 찬 93킬로그램.

누가 봐도 동일인물로 생각하기엔 무리가 있었다.

"제가 주민등록증 사진을 고등학교 때 찍은 걸로 했거든요. 이후로 갱신을 안 해서 그렇습니다. 몸이야 헌터가 되면서 운동도 했고, 많이 크기도 했고요."

그때 연구실에 한 40대 초반의 왜소한 남자가 들어섰다. 흰 셔츠에 한껏 끌어올린 검은 정장 바지, 금테 안경까지. 헌터와는 거리가 멀어 보였다.

김우태는 그를 보자마자 고개를 꾸벅이며 인사를 건넸다.

"팀장님, 오셨습니까."

팀장은 강해를 보자마자 "아, 이 분이 그 말했던 사람인가?" 하고 물었다.

김우태가 고개를 끄덕이며 대답했다.

"팀장님, 오셨습니까. 예, 그렇습니다."

강해는 팀장을 보며 혹시나 하는 마음에 능력치를 살폈다.

[송병남]

특성 : 조립

잠재력 : 109

이름과 특성, 잠재력만 알 수 있었지만.

그래도 강해에겐 알 수 있다는 사실 자체가 놀랍게 느껴졌다.

'저 사람도 헌터인가? 전투와는 거리가 멀어 보이는데….'

송병남이 다가와 낄낄 웃으며 악수를 청했다.

"반갑습니다. 송병남입니다."

"예, 안녕하십니까."

송병남은 화면과 강해의 얼굴을 번갈아 보고는 말했다.

"많이 다르시네?"

"예, 다들 얼굴이야 얼마든지 변할 수 있지 않습니까. 저인 건 분명하니까요."

"성형하신 건가? 그렇게 보이진 않는데… 그나저나 특이한 특성을 가지고 계시네. 처음 보는 특성이네요."

강해가 뭐라 대답하기도 전, 그는 김우태에게 시선을 옮기고 물었다.

"최강해 씨 헌터 등록하러 오신 거지?"

"예, 그렇습니다."

"신체 스캔은?"

"이제 해야 됩니다."

"그럼 빨리 진행해."

강해는 많은 과정들을 생략하고 헌터 등록을 진행하는 중이었다.

기본적으로 등록은 평일이라면 언제든지 가능하지만, 정해진 시간이 있었다. 지금처럼 늦은 밤은 아니었다. 게다가 시험을 치러야 했고.

헌터의 자질을 타고난다면 응시를 할 수 있지만, 1성 하급 던전도 처리할 수 없을 만큼 힘이 약하다고 판단되면 등록을 할 수 없는 것이다.

헌터 등록을 위해서는 총 6단계를 거쳐야 한다.

첫 번째는 신상정보 기입 및 등록 신청이었다.

두 번째는 적성검사인데, 여기서 헌터로서 활동이 불가능하다는 판정을 받을 일은 없다. 단순히 간단한 설문조사와 같다.

문항들은 대부분 협동심과 도덕성 등에 관한 것을 묻는

이유는 헌터 협회를 위한 것이었다.

협회 소속으로 활동할 헌터를 선별하는 것이다. 헌터라면 특별히 결격사유가 있지 않는 한 협회 소속이 될 수 있다.

적성검사는 헌터 협회 측에서 보다 적극적으로, 처음부터 영입에 힘써야 할 인재들을 찾기 위해 시행하는 절차였다.

세 번째는 체력검정이었다. 간단히 신체능력을 테스트하는 것이었는데, 근력과 민첩성 위주였다. 역기를 들거나, 단거리 달리기, 높이뛰기 등을 진행한다.

네 번째가 헌터 등록에 있어서 가장 중요한 과정이라 할 수 있었다. 바로 마나를 측정하는 것이었다.

감지에 뛰어난 협회 소속의 헌터 네 명이 심사위원을 맡고, 응시자가 마나를 내뿜는다.

다섯 번째는 특성에 관한 것이었다. 자신의 특성을 살린 능력을 선보이면 된다. 예를 들어 전기 능력을 갖춘 응시자가 주먹을 전기충격기처럼 활용하는 방법이 있다.

끝으로 신체 스캔 및 등록을 하고, 헌터증을 발급 받는다.

만약 서로의 능력치를 전부 확인할 수 있다면, 굳이 필요치 않은 과정이다.

하지만 잠재력과 특성을 빼고는 본인만이 정확한 능력치를 알 수 있기에 진행되고 있었다.

잠재력은 시험에 있어서 아무런 영향도 끼치지 않는다. 잠재력이 높아도 낮은 등급에 머무는 이가 있는가하면, 반면에 잠재력이 낮아도 뛰어난 기량을 보이는 이들이 있기 때문이다.

등록 과정은 반드시 전부 거칠 필요는 없었다.

신상정보 입력 및 신체 스캔, 등록만이 필수적이었다.

이외의 과정은 헌터가 될 수 있는 힘을 지녔다는 것만 증명하면 넘어갈 수 있었다.

지금 강해처럼 말이다.

그러나 대부분 헌터들은 등록시험을 성실하게 치르는 편이다. 높은 성적을 거두고, 처음부터 높은 등급으로 시작하기 위함이었다.

하지만 제아무리 뛰어난 헌터라도 시작은 4성을 넘어가지 못한다. 협회 측에서 치르는 시험만으론 한계가 있기도 하고, 실전에서 검증돼야 한다는 이유였다.

등록을 한 이후는 모두 자신이 쌓아가는 업적에 달렸다.

김우태는 강해를 3성급 헌터로 등록시킬 생각이었다.

1성 상급 몬스터인 타우로스를 한 방에 죽이는 장면을 드론의 카메라를 통해 확인하기도 했고, 3성 던전을 가볍게 처리하고 나오는 것을 보기도 했으니까.

덕분에 모든 과정을 생략하고, 곧바로 신체 스캔을 진행한 다음 등록할 예정이었다.

"이 옷으로 갈아입으시고, 소지품은 모두 이 바구니에 넣어두세요."

강해는 면으로만 이뤄진 푸른색 상하의를 입고, 김우태의 안내에 따라 원통형 전신 스캐너에 들어섰다.

전신 스캐너는 전면이 투명해 그의 모습이 그대로 내비쳤다.

기이이이잉, 하고 기계소리가 울렸다.

모니터 화면에 강해의 신체 스캔 결과가 떠올랐다.

〈840229-1XXXXXX〉

이름 : 최강해

신체나이 : 25세

혈액형 : RH+ AB형

키 : 186cm

체중 : 93kg

〈지문인식 일치, 홍채인식 일치〉

김우태는 옅은 미소를 머금은 채 안도하듯이 가볍게 한숨을 내쉬었다.

강해는 그를 보고 생각했다.

'나에 대한 의심이 아예 사라지진 않았나보네. 아마 내가 범죄자라거나, 다른 사람으로 판명됐다면 곤란해졌을 수도… 적어도 귀찮은 조사는 더 받게 됐겠지.'

그는 의아하다는 듯이 고개를 살짝 기울였다.

'그나저나 난 살면서 홍채인식을 해본 적이 없는데, 어

떻게 일치한다고 나오는 거지?'

❖

김우태가 말했다.

"신상정보 입력이 완료 되셨습니다. 바로 헌터증 발급 받으시고, 가시면 될 것 같습니다. 등급은 3성으로 시작하게 되실 겁니다. 늦은 시간에 고생하셨습니다."

강해가 뭐라 대답하기 전, 송병남이 입을 열었다.

"아무런 테스트도 안 했잖아?"

김우태가 말했다.

"타우로스를 한 방에 보내기도 했고, 3성급 던전을 처리한 다음 나오는 걸 제가 보기도…."

송병남이 손을 휘휘 저으며 그의 말을 끊었다.

"그렇게는 안 되지. 1성급으로 등록은 돼도, 3성급으론 안 돼. 같이 던전에 들어갔던 것도 아니잖아?"

"그렇지만 분명히 타우로스를 한 방에 죽인 파괴력은…."

"드론은 어디까지나 기계야. 헌터의 힘을 확실하게 평가할 수는 없어."

"그렇지만…."

송병남은 입을 다물라는 듯이 미간을 찡그렸다. 이내 김우태는 말을 멈췄다.

강해는 원래 옷으로 갈아입으면서도 얘기를 전부 들으면서 대략적인 상황을 파악하고 있었다.

'나한테 그냥 3성급을 주긴 싫은가 본데….'

송병남이 말했다.

"적어도 체력검정이나 마나 측정 중 하나는 하셔야 될 것 같습니다. 물론, 3성급에 걸맞은 힘을 보여주셔야 합니다. 그게 아니라면 1성급 말고는 안 됩니다."

김우태가 조심스럽게 말했다.

"체력검정은 지금 불가능합니다. 지금 시설 점검이 있어서 내일이 돼야…."

송병남이 강해를 보며 말했다.

"들으셨다시피 체력검정은 힘들겠네요. 아니면 내일 오전에 다시 오셔도 됩니다만. 혹은 마나를 좀 뿜어주시면 될 것 같습니다. 조금 귀찮으셔도 잠깐이면 되는 일이니 부탁드리겠습니다. 3성을 넘어선 등급을 받을 수도 있는 것이니까요."

강해는 무던한 표정으로 곧장 마나를 끌어올렸다.

정신력 14, 주문력 16, 1성 하급 중에서도 가장 낮은 수준에 속하는 능력치.

송병남이 미소를 지으며 말했다.

"마나가 꽤 독특하네요. 약간 이상하긴 한데…."

강해가 물었다.

"문제되는 거 있습니까?"

"아, 그런 건 아닙니다. 느껴지는 감각이 조금 다를 뿐이지, 헌터의 힘인 건 확실하니까요. 자, 이제 힘껏 가지고 계신 마나의 힘을 보여주시면 됩니다."

"다 한 건데요?"

"예?"

"이게 최대치라고요."

송병남은 허허 웃다가 김우태에게 눈을 흘겼다. 그리고는 다시 표정을 관리하며 강해와 눈을 마주치며 사무적으로 말했다.

"아쉽게도 3성 헌터로 등록은 불가능하십니다. 1성 헌터로 등록해드리겠습니다. 이렇게 헌터로 등록을 해주셔서 감사드립니다. 앞으로도 활발한 활동을 부탁드리겠습니다."

강해는 김우태를 보며 물었다.

"1성이랑 3성이랑 무슨 차이입니까? 무슨 이득이나 따로 손해가 있습니까?"

"딱히 이득이나 손해랄 건 없습니다만…."

"1성 헌터면 1성급 던전밖에 못 가는 거죠?"

"예, 그렇습니다."

"3성급 던전에 가려면 3성이 돼야 하고, 그 다음은 다음대로 등급이 높아져야 되는 거고요. 맞습니까?"

"네, 맞습니다."

강해는 미간을 찡그린 채 뒤통수를 긁적거렸다.

'그럼 일부러 낮은 등급의 던전들을 찾아서 돌아다니고,

등급을 높여야 된다는 거네.'

그러고 싶지는 않았다. 귀찮고, 보상도 적으며, 약한 몬스터들과 싸워야 되니까.

'기왕이면 조금이라도 높은 등급을 받는 게 좋을 거 같은데….'

그때 송병남이 쐐기를 박았다.

"아, 그리고 저기 김우태 씨가 3성 던전의 보상금에 대해 말씀을 드린 거 같은데, 현재 최강해 씨의 힘으로는 3성 던전을 혼자서 처리하셨다고 보기에는 어려움이 있습니다. 그러므로 보상급 지급은 불가합니다."

강해가 물었다.

"과태료는요?"

"그건 내셔야죠."

강해의 미간에 깊은 주름이 졌다.

문득 김우태가 푸념처럼 늘어놓은 말이 머릿속을 스쳤다.

위나 아래나 썩은 놈들이 많다고.

강해는 대충 머릿속으로 시나리오가 그려졌다.

송병남의 진짜 목적은 3성급 던전의 보상금을 꿀꺽할 생각이었다.

실제로 현재 겉으로 드러나는 것을 따지자면 강해가 3성 헌터로 등록되기에는 무리가 있기도 했지만.

강해가 그 자리에서 아까 받은 과태료 고지서와 5만 원을 김우태에게 내밀었다.

“이거 바로 처리 좀 해주시고요….”

그는 송병남을 쳐다보며 미소를 머금은 채 말을 이었다.

“저는 지금 이 자리에서 3성 헌터로 등록해야겠습니다. 던전에 대한 보상금도 받아야겠습니다.”

송병남이 허허 웃으며 말했다.

“하지만 현재 보유하신 마나의 양으론 3성은커녕, 2성도 불가능하십니다. 체력검정을 받고 싶으시면 내일 오전에 오셔야 합니다. 체력검정에서 3성급으로 등록되실 수도 있는 거니까요. 아, 그리고… 죄송스러운 말씀입니다만, 내일 3성으로 등록되시는 부분으론 보상금 지급은 어렵습니다.”

던전에 대한 보상금 지급은 미리 신청을 한 헌터에게만 가능하다는 것이었다.

강해는 피식 웃고 말았다.

‘이 새끼가 아주 노골적이네?’

강해는 고개를 좌우로 까딱인 뒤 물었다.

“다른 방식으로 테스트를 치르는 건 어떨까요?”

“어떤 방식을 말씀하시는 것인지?”

“송병남… 팀장님이라고 하셨나? 송 팀장님은 등급이 어떻게 되시죠?”

“저 말입니까? 4성입니다. 이제 막 올라왔으니 하급 중의 하급이지만요.”

강해가 미소를 머금은 채 시원하게 말했다.

"그럼 저랑 한 번 붙으시죠?"

"네?"

"한 번 붙자구요. 대련 말입니다, 대련. 4성이나 되시니까 아실 거 아닙니까? 상대를 해보면 딱 아시잖아요? 아, 대충 이 정도 수준이구나, 하고 아실 수 있잖아요?"

송병남은 피식 웃으며 말했다.

"그거야 그렇지만, 그런 방식으로는 테스트를 하지 않기에 곤란합니다. 과거에는 헌터 등록을 할 때 그런 시험이 치러지기도 했지만, 워낙 많은 부상자가 생겨서 말이죠. 응시자 중에 사망자가 발생하기도 했고요."

"그게 뭐가 문제가 됩니까? 저희만 아는 거잖아요? 송팀장님이 판단하시면 되잖습니까? 제가 3성이 될 자격이 있으면, 마나가 그 만큼 느껴졌다고 하던지, 3성 던전을 처리한 게 확인됐다든지, 이유를 갖다 붙이면 되는 거고요."

"그래도 그건…."

"그 조립이란 특성이 궁금해서 개인적으로 대련을 요청하고 싶기도요. 아마 제 특성도 궁금하실 거 같은데? 아까 처음 보는 특성이라고 하시지 않았습니까?"

"그래도 아닌 건 아닌 겁니다. 저는 4성이고, 당신은 1성 수준으로밖에 안 보입니다. 설사 당신이 다른 능력치만큼은 3성급에 다다른다 해도 저를 상대하는 건 무립니다. 자칫 잘못하다가는 큰 사고가 일어날 수도 있습니다. 죽을 수도 있다는 겁니다."

강해는 아랑곳 않고, 씩 웃으며 조롱하듯 말했다.

"뭐가 문제입니까? 헌터끼리 협의한 싸움의 경우 사실상 책임을 안 묻잖아요? 더군다나 이건 싸움이나 사투도 아니고 대련입니다. 설마 고작 1성 하급 수준의 마나를 지닌 저하고 붙는 게 겁나시는 건 아니겠죠?"

뻔히 그 속내가 보이는 도발, 하지만 효과는 확실했다. 특히 진짜로 1성 하급 수준의 정신력과 주문력으로 4성 헌터에게 당당히 대련을 요청하니 더욱 그랬다.

송병남은 술을 마신 것처럼 금세 얼굴이 달아올랐고, 이마에는 핏줄이 섰다. 그는 애써 침착한 척, 심호흡을 하며 나지막이 말했다.

"4성 헌터인 제가 어떻게 1성급 마나를 가진 당신하고…."

강해가 유치하지만 확실히 먹혀들 결정타를 날렸다.

"진짜 겁먹으신 건가? 하긴, 송 팀장님처럼 위쪽에 계신 분들은 그런 게 있잖아요. 책상 앞에 앉아서 펜대만 굴리시니, 아무리 대련이라도 붙는 게 좀 부담스러우실 수도…."

송병남이 힘이 잔뜩 들어간 목소리로 그의 말허리를 잘랐다.

"합시다."

강해는 웃음기를 머금은 목소리로 못 들은 척 "예?"하고 되물었다.

송병남은 셔츠 소매를 걷으며 말했다.

"붙읍시다. 최강해 씨랑 나랑 한 판 붙자구요."

❖

강해와 송병남, 김우태는 협회 소속 헌터들이 사용하는 체력단련실로 자리를 옮겼다.

맞붙을 두 사람은 서약서까지 작성했다.

대략 내용은 3성급 헌터인 김우태의 참관하에 이뤄진 대련이며, 최강해의 등급을 냉정히 판단하기 위한 대련임을 밝히는 것이었다.

가장 중요한 내용은 대련 중 일어나는 사고에 대해서는 대련자 최강해와 송병남, 참관인 김우태는 물론, 협회 및 그 어떠한 기관에도 책임을 물을 수 없다는 부분이었다.

강해와 송병남은 약 10미터 거리를 두고 마주섰다.

강해가 몸을 이리저리 풀며 웃음 섞인 목소리로 말했다.

"꼭 이런 거까지 쓸 필요가 있습니까? 제가 3성급이냐 아니냐를 판단하기 위한 대련이잖습니까?"

송병남은 매서운 눈을 치켜뜬 채 말했다.

"확실히 할 건 해야죠. 어떤 사고가 일어날지 모르니."

"그런가요… 그럴 수 있긴 하죠."

송병남이 오른발을 바닥에 쿵 하는 소리가 울리도록 내딛었다.

"제가 왜 대련을 피했는지 잘 모르시나본데… 대련이라

할지라도 제게 적당히는 없습니다."

강해가 씩 웃어 보였다.

"그렇습니까? 그거 좋네요. 4성은 어느 정도인지, 그 조립이란 능력은 뭔지 궁금했는데 전부 보여주시죠."

두 사람은 김우태의 시작 신호를 기다렸다.

하지만 김우태는 신호를 보내지 못하고, 중얼거리듯 질문을 하듯 말했다.

"저는 이게 좋은 생각인지 아직도 모르겠습니다… 아무래도…."

송병남이 소리쳤다.

"무슨 소리를 하는 거야? 심사는 내가 확실히 할 테니까 시작해!"

강해는 싱글벙글 웃고 있었다.

3성급 헌터로 등록할 일도, 3성급 던전에 대한 보상금에 대한 기대가 있었다. 협회 소속이라 그런지 일종의 공무원이다보니 사사로운 것에 신경을 많이 쓰는 모습이 웃기게 느껴지기도 했다.

하지만 그가 미소를 머금은 진짜 이유는 무엇보다도 전투를 한다는 것 때문이었다. 조립이란 능력은 어떤 것일지 궁금하기도 했고.

한 가지 걱정스러운 점이라면 3성급 몬스터들도 공격 한 번을 제대로 버텨내지 못했고, 송병남은 이제 막 4성이 됐다고 한 부분이다.

'너무 싱거우면 곤란한데… 같은 등급이어도 꽤 차이가 있는 거 같긴 하니까 기대해도 되겠지?'

김우태는 이내 손을 세로로 저으며 힘없는 목소리를 냈다.

"시작."

[최강해]

나이 : ???

신장 : 186cm

체중 : 93kg

종족 : 인간

특성 : 버서커

근력 (???) 체력 (???) 민첩 (???)

정신력 (14) 주문력 (16) 잠재력 (???)

[송병남]

나이 : 42세

신장 : 169cm

체중 : 61kg

종족 : 인간

특성 : 조립

근력 (387) 체력 (350) 민첩 (410)

정신력 (430) 주문력 (449) 잠재력 (109)

송병남은 곧장 오른발을 내딛었다.

팡!

그는 발 아래로 연회색의 마나를 폭발시키며 추진력을 얻었고, 총알처럼 튀어나갔다.

순식간에 강해의 앞에 다다랐는데, 오른쪽 주먹을 치켜들고 있었고 오른발 구두의 밑창이 사라져 있었다.

강해는 제대로 된 준비자세도 취하고 있지 않았다.

그 짧은 순간, 송병남의 입가에 미소가 번졌다.

'잡았다.'

그가 그렇게 생각한 순간이었다.

송병남은 짧지 않은 헌터 생활을 보내왔다. 그는 인생에서 가장 큰 위압감을 아래서부터 느꼈다.

강해의 오른쪽 주먹이 복부 쪽으로 날아들고 있었다. 제대로 된 준비자세도 취하지 않고, 체중도 싣지 않은 채 휘두르는 주먹이었다.

마나는 여전히 1성 하급 수준.

하지만 닿기도 전부터 느껴지는 그 오싹함은 분명했다.

찰나의 순간인데도 송병남에게는 마치 시간이 멈춘 것처럼 느껴졌고, 오만가지 생각이 머릿속을 휘저었다.

'왼쪽 다리를 들어서 막아? 아니야, 늦는다. 그럼 복부를 내주고 안면을 가져가? 아니면 지금 공격은 제대로 못 먹여도 몸을 틀어서 피해볼까? 아니면 능력으로 공격을 해?'

하지만 그의 머릿속에 가장 강하게 떠오르는 생각은 하

나였다. 그리고 그것은 분명한 사실이었다.

'맞으면 죽는다.'

송병남은 이를 악물며 두 눈을 번뜩였다.

'조립, 아이언 월.'

강해와 송병남 사이에 두께 10센티미터에 2제곱미터 넓이의 연회색 강철 벽이 생겨났다.

송병남의 능력, 마나를 이용해 강철로 된 무언가를 만들어내는 것이었다. 그는 공격을 포기하고, 일단 강해의 주먹을 막아내기 위해 벽을 세운 것이다.

강해는 그대로 강철 벽 위를 후려쳤다.

떠어어어어어어어어어어어어어엉—!

그의 주먹이 닿은 강철 벽 중앙이 신문지처럼 구겨졌고, 그대로 뒤에 있는 송병남과 함께 날아갔다.

꿍—!

강철 벽이 체력단련실 벽에 부딪치며 기다란 울림을 냈다. 송병남은 강철 벽 뒤로 가려져 보이지 않았다.

강해는 검지로 뺨을 긁적이며 중얼거리듯 말했다.

"너무 셌나?"

NEO MODERN FANTASY STORY

4. 적응기

만렙 버서커

4. 적응기

김우태가 목소리를 높였다.

"팀장님!"

찌그러진 강철 벽이 스르륵 사라지고, 벽에 처박혀 있는 송병남의 모습이 드러났다.

그는 강철로 된 동상처럼 모습이 변해 있었다.

이내 그는 몸을 감싸고 있던 강철을 사라지게 하고 원래의 모습을 드러냈다.

안경은 어디로 날아갔는지 사라져 있었고, 머리와 등 쪽에서는 피가 흘렀다.

그는 강철 벽과 함께 날아갈 때 자신의 기술인 '아이언 커버'로 전신을 휘감아 방어했지만, 모든 피해를 죽일 수는 없었다.

직접적으로 몸이 부서지는 것을 방지했을 뿐이지, 전신을 뒤흔드는 충격은 그대로나 다름없었고.

송병남의 코에서 피가 주르륵 흘러 입술 위를 타고 턱까지 내려갔다.

강해는 곤란한 표정으로 물었다.

"계속 하실 겁니까? 이 정도면 3성급을 부여받기에는 충분…."

그가 말을 마치기 전이었다.

송병남이 벌떡 일어나 오른팔을 옆으로 길게 뻗었다.

'격노의 망치.'

그의 오른쪽 손아귀에 연회색의 약 2미터의 기다란 봉이 쥐어졌다. 그 위로는 직사각형 모양의 거대한 망치머리가 생겨났다.

커다란 격노의 망치가 생겨나는 과정은 진회색의 마나가 쇳덩이들로 변해 뭉치고 뭉쳐 조립되는 것처럼 보였다.

그것이 송병남의 능력, 조립이었다.

모든 헌터들은 타고나는 특성을 완전히 자신의 것으로 만들어낸다.

마석이 그렇듯 마나의 기본 색깔은 푸른빛이다.

하지만 모든 헌터들이 사용하는 마나가 전부 그렇지는 않다.

헌터들은 자신의 특성에 알맞게 마나 또한 변환시킨다.

그 덕분에 다른 이들이 강해의 이질적인 마나를 느껴도 크게 신경 쓰지 않는 것이다.

느낌 그 자체까지 달라지는 것은 강해가 유일하지만, 그렇다고 인간의 기운이 없는 것이 아니니 신경 쓸 만한 부분도 아니었다.

누구든 변화시킨 마나를 사용하는 것은 동일하니까.

송병남은 거대한 망치를 가볍게 빙글빙글 돌리며 말했다.

"제 능력이 궁금하다고 하셨잖습니까? 아직 멀었죠."

그의 근력으로 격노의 망치를 가볍게 다루는 것은 불가능하다.

그걸 가능케 하는 것은 자신의 능력이기 때문이기도 했고, 마나를 지속적으로 소모시키는 덕분이었다.

강해는 심드렁한 표정으로 말했다.

"제 힘은 충분히 보여드린 것 같은데. 송 팀장님 능력도 대충 알 거 같고."

송병남이 고개를 좌우로 절레절레 저었다.

"아니죠, 아닙니다. 제 능력은 이 정도가 아닙니다."

그가 망치를 치켜들며 바닥을 박차고 돌진하며 소리쳤다.

"죽어라! 아이언 메이든!"

강해는 헛웃음을 치며 "대련인데 죽어라, 라니…"라고 중얼거렸다.

그때였다.

터터터터터터터터터텅!

연회색 마나 덩어리들이 강해의 코앞에 떨어져 쌓였다.

그것들은 3m에 이르는 높이로 금세 형체를 갖췄다.

기다란 두 팔이 늘어지고, 몸은 관처럼 생긴 무표정한 여인의 모습이었다.

끼기긱, 후웅—!

아이언 메이든이 오른손을 크게 휘둘렀다.

터어어어엉—!

강해는 왼팔을 들어 막아냈다.

그의 입가에는 미소가 머금어져 있었다.

'이런 건 처음이야. 재밌는데?'

그때 위로 송병남이 망치를 치켜든 채 뛰어올라 있었다.

아이언 메이든 역시 양팔을 들어 올리며 후속타를 준비했다.

강해의 두 눈에 붉은 빛이 서렸다.

'투혼.'

그의 전신에서 붉은 아지랑이가 피어올랐다.

'회오리 강타.'

떠덩! 떠덩!

강해가 오른쪽 주먹을 내세운 채 두 바퀴 회전하여 아이언 메이든과 격노의 망치를 튕겨냈다.

송병남은 튕겨진 망치를 멈출 힘이 없었다. 이내 손에서 놓치고 말았고, 망치가 천장으로 날아가 부딪치기 전 사라지게 했다.

그가 인상을 구기며 고개를 돌렸을 때, 강해는 이미 코앞에 다가와 있었다.

강해가 씩 웃으며 말했다.

"아까 강철 벽을 날려버렸을 때도 없어지게 하지 그랬어요. 그땐 방심해서 그럴 틈이 없으셨던 건가?"

"아직 안 끝났어!"

"이젠 말을 막 놓으시네…."

송병남이 양손을 치켜들었고, 그의 뒤로 굵은 연회색 마나 두 줄기가 솟아올랐다.

'아이언 스네이크!'

커다란 머리와 이빨을 가진 두 마리의 강철 뱀이 생겨났는데, 꽁지는 송병남의 날개뼈 부분에 이어져 있었다.

쩡! 쩡!

두 마리의 강철 뱀들이 입질을 해댔지만, 강해는 바닥을 차 몸을 뒤로 움직였다. 그는 여전히 여유만만한 얼굴을 하고 있었다.

송병남 역시 미소를 지었다.

"걸렸다."

어느새 아이언 메이든이 강해의 뒤로 돌아와 있었는데, 관처럼 생긴 몸이 활짝 열려 있었다.

그것의 몸과 뚜껑처럼 열린 부분 안쪽에는 굵고 삐죽한 가시가 빼곡하게 돋아나 있었다.

쾅!

강해가 아이언 메이든 안에 갇혔다.

송병남이 씩 웃으며 말했다.

"걱정 마십시오. 몸을 완전히 관통하지는 않으니까요. 적당히 찔러서 과다출혈로 죽음에 이르게 하는 고문기구죠."

그는 가볍게 몸을 풀었다는 듯이 고개를 좌우로 까딱이며 말을 이었다.

"그래도 3성급까지는 아니지만, 2성급은 되실 것 같습니다. 앞으로 헌터 생활을 하실 수 있을지는 모르겠습니다만…."

끼익, 끼이익—.

관처럼 이뤄진 아이언 메이든의 몸은 완전히 닫혀 있지 않았다.

강해의 짜증 섞인 목소리가 나지막이 울렸다.

"아… 방심했다."

아이언 메이든의 안쪽에 솟은 가시들은 강해의 몸을 완전히 뚫지 못했다.

하지만 하운드의 이빨보다는 더 예리하고 강력해 상처를 남겼다. 그래봐야 생채기에 불과했지만.

가시들은 눈알을 정확히 노리고 있었는데, 강해는 이마를 내밀어 눈에는 닿지 않게 하고 있었다.

가시가 늘어날 것을 대비해 안면 앞을 오른손으로 막고 있기도 했고.

우지직!

그는 오른손 앞의 가시들을 움켜쥐어 우그러트렸다.

'배쉬.'

콰콰콰콰콰지직!

배쉬는 본래 무기를 손에 쥐고, 분노의 기운을 담아 내려치는 공격이다.

이번에는 무기 대신 아이언 메이든을 움켜쥔 채 안쪽에서부터 부수는 데 사용했지만.

강해는 천천히 앞으로 걸음을 내디뎠고, 등을 찌르고 있던 가시가 몸에서 빠졌다.

송병남은 뒤로 몸을 날려 거리를 벌리는 동시에 전방으로 양손을 뻗었고, 아이언 메이든이 사라지며 두 강철 뱀의 크기가 조금 더 커졌다.

강철 뱀들은 곧바로 입을 쩍 벌린 채 덤벼들 준비를 했다.

강해는 이마를 타고 코를 중심으로 두 갈래로 갈라져 흐르는 피를 느끼고, 몸에서 흘러내리는 피를 보며 피식 웃었다.

'이거 참….'

피는 금세 멎을 기세였다. 이 정도 상처는 그에게 있어 부상이라 하기에 부족했다.

강해는 미소를 머금은 채 휘둥그레진 눈으로 지켜보고 있는 김우태를 향해 말했다.

"피해요."

강철 뱀들이 입을 쩍 벌린 채 강해를 노리고 날아들었다.

강해는 천천히 고개를 돌렸다. 그땐 이미 두 강철 뱀이 입을 다물기 직전이었다.

'피 폭발.'

쿠웅—! 콰지직!

강해를 중심으로 지름 10미터의 둥그런 원을 따라 붉은 원이 생겼다. 그 범위 안에 있던 강철 뱀들은 마구잡이로 문질러댄 밀가루 반죽처럼 뒤틀리고, 찌그러졌다.

콰콰콰콰콰콰콰콰콰콰콰콰콰콰콰콰—!

그 원 안쪽은 방향이 정해지지 않은 피의 홍수가 일어나는 곳 혹은 칼날의 개수를 셀 수 없는 믹서기 안과 같았다.

강해는 무던한 표정으로 컨트롤을 하고 있었다. 잘못했다간 피 폭발로 인해 지금 들어서 있는 곳의 천장까지 꿰뚫어버릴 테니까.

퍼엉—!

피 폭발이 걷히고, 강해는 드문드문 남은 핏자국을 제외하곤 말끔한 모습으로 서 있었다.

두 강철뱀의 흔적은 구부러진 철사 조각처럼 흩어져 있는 파편들이 전부였다.

송병남의 날개뼈에 뿌리를 두고 끊어진 강철 뱀의 몸통은 애처로워 보였다.

그는 피를 전부 뽑힌 양 얼굴이 새하얗게 질려 있었다.

강해는 천천히 걸음을 옮기며 물었다.

"계속 할 겁니까?"

"……."

"3성급으로 충분하겠죠?"

송병남은 기운이 다 빠진 목소리로 말했다.

"제가… 졌습니다."

피 폭발이 일어날 때 한쪽 구석으로 물러나 몸을 웅크리고 있던 김우태는 그제야 천천히 일어났다.

짧은 적막이 흘렀다.

털썩.

송병남은 마나를 완전히 거두며 무릎을 꿇었다. 뒤로 뻗어 있던 강철 뱀의 흔적 역시 완전히 사라졌다.

강해가 미소를 머금고 말했다.

"이제 끝난 거 맞죠? 헌터 등록증이랑 보상금 주시죠."

김우태는 자리에서 일어나 천천히 발걸음을 옮겼다.

송병남은 그대로 굳어버린 듯 움직이지 않았다. 단순한 패배감 때문이 아니었다.

그는 코앞에서 그 위압감을 견뎌야 했다. 결국 견디지 못하고 무너져버렸지만.

그는 헌터로 생활하면서 차근차근 올라갔다. 목숨이 위험했던 적도 몇 번 있었지만, 동료들과 함께 던전의 몬스터들을 상대했다.

대련을 해도 비슷한 수준의 헌터와 하거나, 상위 등급의 헌터가 실력을 키울 수 있도록 지도를 해주는 것에 가까웠다.

강해는 달랐다. 그의 컨트롤이 조금만 틀어졌어도 송병남은 죽었다. 그는 거기서 무너져버린 것이다. 압도적인 힘의 위압감에 짓눌렸고, 전투에 대한 공포를 느낀 것이다.

송병남은 헌터의 힘을 갖고 살아오며 잊고 있었다.

죽을 수도 있다.

그는 그런 생각을 하고 살았다.

목숨을 걸고 하는 일이지만, 나는 살아남는다. 죽지 않는다.

실제로 어느새 던전에 뛰어들거나, 범죄자를 체포하는 일보다 사무를 보고, 부하직원들을 굴리고만 있었다.

가끔 직접 발로 뛰어도 동급 이하의 몬스터나 헌터가 대상이었고.

그리고 지금 이 순간 알아버렸다.

벌레처럼 죽을 수도 있었다. 언제든 그럴 수 있었다.

그는 성실히 일해서 지급되는 돈 외에도 챙겨둔 재산이 많다.

아내도 있다. 눈을 씻고 들여다봐도 그녀에게서 처녀

적의 아리따운 모습을 찾아볼 수 없지만, 여전히 사랑한다.

이제 중학교에 입학하는 딸도 있다.

송병남은 이따금씩 단란주점 따위에 들른다.

그는 스스로를 위로하기 위해 스트레스를 푸는 것뿐이라 생각하고 있다. 평소에는 그 누구보다 가정에 충실하다고 자부했다.

그의 안에서 죽음에 대한 공포가 너무나 커져 있었고, 목숨이 너무나 아까워진 것이다. 잃을 것이 많은 자는 두려운 것도 많은 법.

그 모든 것들을 단번에 머릿속에 각인시켜준 것은 강해라는 기폭제였다.

강해가 몇 번이나 말을 걸어도 송병남은 무릎을 꿇은 채 아무 대답도 없었다. 두 눈은 줄곧 자신의 허벅지와 바닥에만 고정돼 있었다.

강해는 미간을 찡그리며 뒷머리를 긁적거렸다.

'당분간 정신 차리기는 글렀구만.'

몇 번인가 겪어본 일이었다. 기세 좋게 덤비고는 압도적인 힘의 차이에 무너지는 이들.

송병남보다 약해도 정신적으론 무너지지 않는 자들이 있는가하면, 더 강하더라도 무너지는 이들도 있다.

그때 김우태가 다가와 송병남의 상태를 살피고는 강해에게로 시선을 옮겼다.

"일단 팀장님은…."

"직접적으로 크게 타격을 받은 건 없으니 괜찮을 겁니다. 그냥 좀 놀래서 그렇죠. 지금은 이대로 놔두는 게 나을 겁니다."

"예… 어쨌든… 이제 바로 처리를 해드리겠습니다. 입력 작업을 마치는 순간부터 곧장 헌터로 등록되시는 거고, 보상금도 드릴 겁니다. 간단한 안내도 드릴 거고요."

두 사람은 송병남을 그대로 놔둔 채 자리를 옮겼다.

김우태는 일을 처리하는 내내 자신도 모르게 강해를 힐끗힐끗 쳐다봤다.

헌터로 등록이 되면 언제든지 온라인에서 검색이 가능하고, 처리한 던전이나 체포한 범죄자들에 대한 것 등 업적이 기록된다.

헌터증은 관례상 주는 증서에 불과한 셈.

4성 하급인 송병남을 완벽하게 제압한 강해는 단번에 4성으로 등록됐다.

강해는 이제 막 등록한 신입이기에 협회에서는 하급이라고 판단한다.

등록된 등급 자체에 하급, 중급, 상급으로 세분화되어 나뉘지는 않지만, 헌터나 몬스터나 던전이나 그 수준의 차이는 분명하다.

즉, 공식적으로는 하급, 중급, 상급이 존재하지 않지만, 비공식적으로 분류는 되고 있다.

헌터로 처음 등록할 때부터 4성인 경우는 전체 응시자들 중 1%도 안 되는 수치, 이를 감안하면 시작부터 4성이라는 것 자체가 굉장하다고 볼 수 있다.

강해는 비록 4성 하급이지만, 신규인 것을 생각하면 거의 최대치에 가까운 결과를 만들어낸 셈이었다.

간단하게 말해 강해는 시작부터 상위 1% 이내인 남자다.

김우태가 말했다.

"일정량의 업적을 쌓으시면, 저희 측에서 등급을 올릴 것인지 말 것인지에 대한 여부를 결정할 만한 일을 부탁드립니다. 그때 수락하셔서 임무에 성공하시면 진급을 하시게 됩니다."

그는 몇몇 안내서를 보여주며 말을 이었다.

"저희가 부탁드린 일을 거부하셨더라도, 그에 상응하는 업적을 계속 쌓으시면 진급하실 조건을 충족하게 되십니다."

김우태는 강해의 손에 안내서를 쥐어줬다.

"그때 저희가 진급 여부를 여쭙니다. 혹은 스스로 그럴 만한 자격이 있다고 판단하여 먼저 신청하시는 경우도 있죠."

강해는 팔짱을 낀 채 고개를 끄덕이다가 물었다.

"그것만 알면 됩니까?"

"예, 당장 중요한 건 이 정도입니다. 이외에 자세한 정보는 공식 사이트나 유선으로 확인하실 수 있고요. 제가 드린 안내서에 헌터로서 활동하는 것에 대한 정보가 대부분 담겨 있습니다."

"보상금은요?"

"계좌로 드릴까요? 아니면 현금으로?"

"어차피 은행에 들를 거니까 일단 현금으로 받죠."

김우태는 잠시 자리를 비웠고, 약 3분 정도 뒤에 봉투를 내밀었다.

강해는 봉투를 받아든 뒤, 안쪽을 확인하며 물었다.

"얼마입니까?"

"300만 원입니다. 던전의 위험도와 몬스터가 나오기까지 대략적인 남은 시간, 다른 헌터들의 실패여부, 안쪽의 몬스터가 어떤 것인지 확인된 것 등 여러 가지 요소에 따라 같은 등급이더라도 보상금은 상이합니다."

"알겠습니다. 그럼 다 된 거죠?"

"예, 늦은 시간에 등록하러 오셨다고 고생 많으셨습니다. 앞으로도 활발한 활동 부탁드리겠습니다. 아마 최강해 씨의 경우 조만간 연락이 갈 겁니다."

강해는 돈봉투를 품에 넣으며 물었다.

"무슨 연락이요?"

"확실한 건 아닙니다만, 난이도가 있는 일에 대한 부탁이

갈 수도 있습니다. 그리고 개인적으로 협회 소속으로 꼭 오셨으면 해서 추천을 할 생각입니다."

"그러지 마세요."

"네?"

강해가 손을 저었다.

"저는 특정 기관에 묶여 있을 사람이 못 됩니다. 그러니까 협회 소속이니, 뭐니, 그런 건 하지 마시라고요."

"아, 그렇습니까… 여쭤보길 잘했네요."

"벌써 새벽 1시네. 인연이 닿으면 또 봅시다. 그럼 이만 가보겠습니다.

그가 몸을 돌리려고 할 때 김우태가 황급히 말했다.

"아아, 그걸 깜빡했네요. 5분, 아니, 3분만 기다려주세요."

"그래요."

얼마 지나지 않아 김우태가 각종 무기들을 한 아름 안고 돌아왔다.

여러 가지 종류의 검과 도끼, 둔기, 활, 석궁, 방패 등 종류가 다양했다.

김우태는 무기들을 기다란 테이블 위에 늘어놓으며 말했다.

"헌터로 등록하시면 이렇게 무기 하나를 지원해드립니다. 전부 마석으로 제련한 것이기에 튼튼합니다. 비록 1성 하급이지만 당분간 임시로 쓰기엔 나쁘지 않을 겁니다."

강해가 입가에 미소를 머금은 채 무기들을 내려다보며 중얼거렸다.

"무기라…."

그는 눈으로 슥 훑다가 검 하나를 집어 들었다.

"나쁘지 않다고요?"

"예, 그래도 마석을 제련한 무기들이라서 튼튼…."

강해가 허공에 대고 검을 힘껏 휘둘렀다.

후웅―!

거센 바람이 일었다.

탱그렁.

강해는 팔을 휘두른 상태였다. 그의 오른손에는 검의 손잡이만 쥐어져 있었다. 검날이 그가 휘두르는 힘과 속도를 버티지 못하고 빠져버린 것이다.

김우태는 믿을 수 없다는 듯이 두 눈을 크게 뜬 채 입을 다물지 못했다.

강해는 입맛을 다시며 손잡이를 바닥에 버리고는 말했다.

"좀 더 쓸만한 건 없습니까?"

"아, 그게… 저희가 지원해드리는 건 다 그 수준인지라…."

"그럼 별 수 없죠. 다 끝난 거죠?"

"네, 네. 그렇습니다."

"그럼 갑니다―. 고생했어요."

강해는 그렇게 몸을 돌려 헌터 협회 건물을 빠져나갔다.

그날 송병남은 넋이 나간 채 날을 지새웠고, 김우태는 휘두른 것만으로 망가진 검을 내려다보며 한참을 서 있었다.

❖

새벽 1시가 조금 넘은 시간, 강해는 집에 도착했다.

그는 청소도 하지 않고, 장롱에 있는 이불을 대충 깐 뒤에 잠을 청했다.

하지만 한참을 뒤척거려도 잠을 이루지 못했다.

처음에 다시 원래 세상으로 돌아왔을 때는 걱정했다. 자신도 과거로 돌아갈까 봐.

자신은 그대로고, 세상이 뒤바뀐 것을 알았을 땐 기대감에 벅차올랐다.

그리고 지금 그 기대감이 더욱 커졌다.

'제법 재미있었어.'

그는 송병남과의 대련을 다시 떠올리고 있었다. 힘의 격차가 커서 오래 즐길 수는 없지만, 새로운 상대와 맞붙는 건 언제나 즐거웠다.

특히 지금 세상의 헌터들의 능력은 신선하기 그지없었다.

그는 김우태의 특성을 떠올리며 아쉬운 표정을 지었다.

'워터 엘리멘탈… 그것도 궁금했는데.'

하지만 다시금 입가에 미소를 머금었다.

송병남의 말에 의하면 같은 특성이라도 사용자에 따라 그 응용은 천차만별.

4성 하급밖에 안 되는 송병남이나 그 아래의 김우태보다 훨씬 강하고 재미있는 헌터들이 많을 것이 분명했으니까.

'4성 하급이 그 정도면… 던전도 꽤 돌만하겠어.'

그는 일단 던전을 돌면서 차근차근 등급을 올릴 생각이었다.

'맛있는 것도 좀 먹고, 이사도 가고… 휴대폰도 새로 하나 해야겠네. 아, 무기도 하나 사야지. 할 게 많네.'

오전 9시.

강해는 수도꼭지를 틀자마자 녹물이 쏟아지는 것을 보고 경악했다.

그는 하는 수 없이 근처의 사우나로 향하려고 했는데, 거울 속에 있는 자신의 모습을 보고 눈썹을 찡그렸다.

'옷부터 사야겠구만.'

그는 가장 먼저 은행에 들렀다. 과거에 지니고 있던 계좌의 잔액을 확인하기 위함이었다.

옷 여기저기에 피가 묻어 있고, 꾀죄죄한 모습에 사람들의 시선이 잠시 쏠렸다.

하지만 커다란 덩치에 눈의 흉터 등을 보고는 전부 시선을 피했다.

사람들 대부분은 강해가 헌터임을 직감했다.

강해의 계좌 잔액은 0원.

'이런….'

한 푼도 남지 않았다.

마지막으로 돈이 빠져나간 것은 수도, 전기, 가스의 기본요금이었다. 그리고 월세가 꾸준히 빠져나간 흔적이 보였다.

'일단 다른 것들부터 처리하고… 이것도 따져야겠어.'

강해는 은행에서 통장과 체크카드, 신용카드를 발급받았다.

본래는 신용카드만 만들 생각이었지만, 현재 신용도가 좋은 편이 아닌지라 한도액이 낮기 때문이었다.

그는 새로 만든 통장을 들여다보며 피식 웃었다.

'헌터 전용 상품이라니….'

일반 급여통장과 크게 다를 것은 없었다. 하지만 거래액이 커지면 커질수록 혜택이 많아지는 상품이었다.

'나쁘지 않네.'

그가 몸을 돌려서 은행의 정문을 향해 걸음을 옮기려는 순간이었다.

시커먼 승합차 하나가 문을 부수고 들어왔다. 일반적인 승합차가 아니었다. 여기저기에 티타늄을 덧대 박기 위해 개조한 것이었다.

사람들의 비명소리가 울려 퍼졌고, 모두들 뿔뿔이 흩어져 구석으로 흩어졌다.

차의 양쪽 문이 열리며 복면을 쓴 두 남자가 튀어나왔고, 뒷좌석에서도 복면을 쓴 남자 하나가 문을 열고 나왔다.

지금은 헌터의 시대.

은행의 청원경찰도 일반인은 아니다.

남자 청원경찰은 곧바로 마나를 끌어올리며 허리춤에 차고 있던 삼단봉을 꺼내들었다. 삼단봉도 일반적인 것이 아니라, 마석으로 만들어진 무기였다.

문제는 은행에 쳐들어온 남자들 역시 일반인이 아니었다.

운전석에서 내린 남자가 양손을 뻗었다.

'쌍권총.'

그는 엄지와 검지를 펴서 손으로 권총 모양을 만든 채 마나를 끌어올렸다.

타타타타타타타탕!

"크흑!"

남자의 양쪽 검지 끝에서 금색 탄환들이 발사됐고, 전부 청원경찰에게 명중했다.

청원경찰은 그대로 쓰러져서는 고통스러운 듯 인상을 구겼다.

그는 헌터라 할지라도 1성 최하급에 불과했다. 높은 등급의 헌터였다면 은행의 청원경찰을 하고 있을 리도 없었고,

조수석에서 내린 남자는 은행직원들을, 뒷좌석에서 내린 남자는 손님들을 제압했다.

"다들 엎드려!"

"엎드려! 어이, 거기! 비상벨에서 손 떼!"

그들은 순식간에 은행 안을 제압했다.

"어이! 너! 엎드리라고!"

남자가 양손의 검지로 강해를 겨눈 채 소리쳤다.

강해는 그를 멀뚱멀뚱 쳐다봤다.

[신권호]

특성 : 기공파

잠재력 : 48

강해는 다른 두 남자도 힐끗 쳐다봤다.

[이호민]

특성 : 기공파

잠재력 : 202

[오달영]

특성 : 폭탄

잠재력 : 380

강해는 인상을 찡그리며 뒷머리를 긁적거렸다.

'특성들이 재미가 없어 보이네.'

신권호가 마나를 끌어올린 채 두 검지를 가볍게 흔들며

소리쳤다.

"야, 이 새끼야! 말 안 들려? 엎드리라고!"

그가 뿜어내는 마나의 양은 2성 상급 수준이지만, 실제 힘은 3성 중급 정도는 됐다.

강해는 그가 마나를 뿜어내기도 전부터 약하다는 것을 알고 있었다.

강해가 살아오면서 치른 전투는 셀 수도 없이 많다. 능력치나 마나의 양을 확인하지 않아도, 직접 맞부딪치지 않아도, 보기만 하면 어느 정도의 수준인지 대략 감이 오는 것이다.

특히 그 감은 자신보다 약하면 약할수록 정확하다.

강해는 오달영에게로 시선을 옮겼다.

'저놈이 그나마 괜찮아 보이는데.'

오달영은 4성 하급, 이호민은 3성 하급 정도의 힘을 지니고 있었다.

이호민이 말했다.

"저놈 헌터야."

오달영은 강해의 능력치를 확인한 뒤 미간을 찡그렸다.

"버서커? 이건 뭔 특성이야?"

신권호는 여전히 양손의 검지로 강해를 겨눈 채 소리쳤다.

"대가리에 구멍 나고 싶지 않으면 당장 엎드려!"

이호민이 말했다.

"우리는 셋이다. 쓸데없는 정의감으로 나대다가 죽지 말고…."

강해가 피식 웃으며 그의 말허리를 끊었다.

"난 그냥 갈 길 갈 테니까 관둬라."

"뭐?"

"난 갈 거라고. 은행을 털든 말든 니네 마음대로 해라."

그는 말을 마치자마자 걸음을 뗐다.

세 남자는 강해의 흥미를 끌지 못했다.

기공파 특성이면 마나를 방출하는 종류일 것이 분명했다.

실제로 신권호는 양손을 권총처럼 사용하는 기술을 쓰고 있기도 했다. 폭탄이란 능력도 그 이름에서 어떤 기술들을 쓸지가 너무 뻔히 드러났다.

그렇다고 이들이 제대로 싸워볼 만큼 강할 거란 생각도 들지 않으니, 스릴 넘치는 전투를 즐기는 강해의 입장에서는 김이 샐 수밖에.

세 남자는 은행강도다.

강해가 지금 그냥 밖으로 나간다면 범죄 현장에 있으면서도 그냥 지나치는 셈이다.

그에게도 정의감은 있다.

대표적인 예시를 들자면 아무 죄도 없는 사람이 죽는 것을 내버려두진 않는다.

자신과 아무 상관이 없는 사람이더라도 기본적으로 구해야 한다고 생각했다.

하지만 지금 세 남자의 목적은 학살이 아니라, 돈이었다.

청원경찰은 신권호가 쏜 탄환들을 맞기는 했지만, 전부 급소를 빗나가기도 했고 최대치의 힘을 쓴 것이 아니기에 목숨에는 지장이 없었다.

세 남자는 돈만 뺏는다면 도주에 급급할 것이다. 여느 은행강도가 그러하듯 결국은 체포될 것이고. 게다가 강해를 견제하느라 시간을 많이 버렸으니, 곧 다른 헌터들이 출동할 게 분명했다.

강해는 세 남자의 사이를 아무렇지도 않게 유유히 걸어갔다.

세 남자는 미간을 잔뜩 찡그린 채 그를 경계했다.

강해는 걸음을 옮기다 문득 보상금에 관한 생각이 떠올랐다.

'범죄자도 잡으면 돈이 될 거 같은데? 현상금이 있지 않으려나? 수배 중이 아니면 돈을 안 주나? 범죄자 체포도 의뢰를 준다고 했으니 돈을 줄 거 같은데.'

그가 미소를 머금은 채 고개를 돌리려는 순간이었다.

'쌍권총, 속사!'

타타타타타타타타타타타타타타탕!

순식간에 수십 개의 탄환들이 날아들었다.

강해는 그것들을 충분히 피할 수 있었지만, 몸으로 받아냈다. 반대편 벽 쪽에 몸을 숙이고 있는 일반인 하나가 있었기 때문이다.

그는 인상을 구긴 채 신권호에게로 고개를 돌렸다.

“내가 그냥 간다고 했지?”

신권호는 잠시 당황했지만, 곧바로 다시 두 검지에서 탄환들을 쐈다.

‘쌍권총, 속사, 파이어!’

총성이 빠르게 울리고, 강해의 몸에 탄환들이 적중하며 펑 하고 터졌다.

강해는 미간을 잔뜩 찡그린 채 입술을 실룩이며 힘을 끌어올렸다.

“이 씨발….”

신권호의 얼굴에는 당황스러움이 가득했다.

‘뭐야? 어째서 멀쩡하지? 방금은 분명히 최대치로 쏜 건데? 마나도 고작 1성 하급 수준인데 왜….’

그가 어떠한 판단을 내리기 전이었다.

팡!

‘어?’

강해가 붉은빛으로 차오른 두 눈을 번뜩이며 순식간에 신권호의 코앞으로 다가갔다.

신권호가 무슨 반응을 하기도 전이었다.

‘비천격.’

강해가 오른팔을 크게 휘두르자 붉은 아지랑이가 뒤를 따랐다. 그는 주먹 밑동으로 신권호의 정수리를 수직으로 내리찍었다.

쿠우우우웅—!

강해의 주먹은 신권호를 그대로 찍어 눌렀고, 주먹이 바닥까지 닿아 있었다.

푸확!

피가 사방으로 튀었다. 딱 성인남자 한 명, 딱 신권호 만큼의 양이었다.

은행 안에서는 다시 한 번 비명이 울려 퍼졌다.

강해가 쓴 비천격의 위력이 어찌나 강력한지, 신권호는 알아볼 수 없는 형태로 터졌다는 표현이 가장 어울렸다. 그리고 피는 벽과 천장, 사람들에게 다 흩뿌려졌다.

"뭐하는 짓이야, 이 새끼야—!"

이호민은 두 눈을 희번덕거리며 앞으로나란히를 하듯 양손을 든 채 돌진했다.

'게틀링건!'

그의 열 손가락에서 탄환이 발사되며 묵직하고 빠른 굉음이 울렸다.

강해는 이번에도 충분히 피할 수 있었다. 하지만 또다시 몸으로 받아내야 했다. 그의 뒤쪽에는 여전히 일반인들이 있었기 때문이다.

'내가 피하면 죽겠지.'

죄 없는 사람들을 죽게 내버려둘 수는 없었다.

이호민은 계속 게틀링건 기술로 탄환을 쏟아냈고, 강해와 약 3미터 거리에서 걸음을 멈췄다.

"이거나 처먹어라!"

'샷건! 3연발!'

퍼엉!

그의 손가락 하나당 여섯 발의 은색 펠릿(pellets)이 발사됐다. 한 번의 발사로 총 60개의 탄환들이 강해를 향해 날아갔다.

퍼엉! 퍼엉!

두 번 더, 모두 합해 180개의 펠릿이었다.

몸으로 전부 받아낼 수 없었다. 광범위하게 퍼지니 다른 사람들에게도 맞을 것이 분명했다.

마나를 응축해 발사한 그것들은 일반 샷건의 위력과는 비교가 안 됐다. 일반인은 스치기만 해도 그 부위가 증발하는 것에 가까웠다.

강해는 미간을 찡그리며 오른손을 뻗었다.

'블러디 홀.'

그의 오른쪽 손바닥에 작은 생채기들이 생겨남과 동시에 전방에 있는 것들을 빨아들이는 피의 블랙홀이 생겼다.

콰콰콰콰콰콰콰콰콰콰—!

샷건 기술로 쏘아진 펠릿들이 전부 강해의 손아귀로 모여들었다. 이호민 역시 마찬가지였다.

"으, 으으, 으아아아아아아—!"

블러디 홀에 휘말려 강해의 손바닥에 옆구리가 닿은 이호민의 비명이 울려 퍼졌다.

으득, 우두둑! 우둑! 뿌드득! 콰직!

이호민은 강해의 손아귀에 안에서 몸이 마구잡이로 구겨지며 빙글빙글 돌았다.

블러디 홀은 블랙홀처럼 빨아들이는 성질이 있지만, 그렇다고 손바닥 안으로 삼키는 것은 아니었으니까.

강해가 기술을 거뒀고, 손바닥에 붙어 있다가 바닥으로 떨어진 이호민은 찌그러진 쇠공처럼 뒤틀려 있었다.

그나마 다른 일반인들이나 시설이 휘말리지 않도록 힘 조절을 했기 때문에 이 정도였다.

그렇지 않았다면 이호민은 그 압력에 터져 핏덩이가 됐을 것이다.

강해의 시선이 오달영에게로 옮겨졌다.

"이제 네놈 차례다. 먼저 간 두 놈을 원망해라. 그냥 가려고 했더니…."

오달영은 줄곧 마나를 끌어올리며 양손은 자신의 복부 위에 얹고 있었다.

"내 승리다."

강해는 미간을 찡그리며 말했다.

"뭔 개소리야? 아무튼… 폭탄? 폭탄을 만드는 능력인가? 별 재미는 없겠네."

오달영이 씩 웃으며 자신의 복부에서 양손을 뗐다.

'레인 붐.'

그의 복부에는 하늘빛으로 번쩍거리는 마나 덩어리가

뭉쳐 있었다.

순식간이었지만, 그는 강해의 싸움을 줄곧 지켜보고 있었다. 그리고 자신이 절대 이길 수 없는 것을 깨달았다.

강해에게서 느껴지는 마나의 양은 극히 적었지만, 압도적인 힘과 스피드 그리고 방어력은 경이로울 정도였다.

오달영에게 있어 풀리지 않는 의문은 강해의 강력한 기술들이었다. 마나로 봐서는 정신력과 주문력이 상당히 낮을 것으로 보였다. 실제로 그렇기도 했고.

하지만 강해가 사용하는 기술들은 전부 강력했다.

비천격과 같은 직접적으로 물리적 타격을 가하는 스킬이야 그렇다 쳐도, 블러디 홀은 이해할 수 없었다.

오달영의 상식으로는 이해할 수 없는 부분이었지만, 그게 중요한 것은 아니었다.

그는 웬만한 공격으론 강해에게 부상조차 입히기 힘들다는 것을 확신했고, 시간은 조금 걸리지만 두 번째로 강력한 기술을 준비한 것이다.

그의 가장 강력한 기술은 '붐붐붐' 인데, 가장 단순한 것이었다. 마나를 모조리 쏟아 붓는 폭발을 일으키는데, 문제는 기술을 쓰는 본인도 피해를 입기에 좁은 곳에서 사용이 불가능했다.

반면, 레인 붐은 붐붐붐에 버금가는 위력을 가졌으며 본인에게는 피해를 끼치지 않는다. 또한 큰 폭발 뒤에 일종의 레이저와 같은 비가 내려 2차 피해를 입힌다.

오달영은 자신의 필살기를 준비하는 동시에 인질까지 잡은 셈이었다.

"지금이라도 썩 꺼져."

❖

강해가 물었다.

"네놈의 동료들이 내 손에 죽었는데도 그냥 가란 말이냐?"

"그래. 내 몫이 커졌으니 상관없다."

"쓰레기네."

"뭐, 이…."

오달영이 말을 마치기 전이었다.

'비천격.'

강해가 오른쪽 주먹을 치켜든 채 뛰어올라 튀어나갔다.

오달영은 황급히 양손을 복부로 가져가며 레인 붐을 터트리려 했다.

강해는 그의 코앞에 다가섰지만, 아직 착지도 못한 상태. 비천격으로 오달영의 머리를 내려치면 죽일 수 있을 것은 분명했지만, 폭발을 막을 수는 없었다.

'살의.'

일순 오달영의 몸이 경직됐다. 하지만 그는 살의만으로 완전히 멈출 정도로 약하지 않았다.

'비천격, 참격.'

강해는 주먹을 쥐고 있던 오른손을 피며 궤도를 틀었다.

그는 비천격으로 날아오른 뒤, 직접적인 공격을 할 때는 참격을 사용했다.

그의 오른손이 아래로 빠르게 훅 꺼지며 레인 붐을 노렸다.

"이미 늦었다!"

레인 붐이 강렬한 하늘빛을 내뿜었다.

'블러디 핸드.'

강해의 오른손 살갗이 터지며 피로 휩싸여 형태를 갖췄다.

키유우우우우웅―.

오달영은 양팔을 뻗으며 입을 쩍 벌리고 미소를 지었다. 레인 붐이 폭발하기 시작하며 커졌다.

'악마의 손아귀.'

강해의 오른손에 변화가 일었다. 블러디 핸드가 순식간에 거대해졌다.

강해의 실제 손 크기는 동일하지만, 피로 형태를 이룬 손이 오달영을 한 번에 움켜쥘 만큼 커다래진 것이다.

승리의 미소를 머금고 있던 오달영의 얼굴이 굳었고, 두 눈이 커졌다.

콰악―!

거대한 블러디 핸드가 오달영은 물론, 폭발하는 레인 붐까지 움켜쥐었다. 오달영은 전신이 꽉 잡혀서는 머리와 발끝만 위아래로 삐져나와 있었다.

쿠르르르르르릉, 쿠릉, 쿠르르릉, 쿠릉.

그 손아귀 안에서 폭발이 일어났다. 한 번의 거대한 폭발, 그 뒤로 이어지는 비까지 전부.

그것이 악마의 손아귀였다.

거대해진 블러디 핸드가 적을 움켜쥐는 단순한 기술이다.

하지만 그 과정은 결코 단순하지 않다. 출혈을 일으켜 피를 형상화시키고, 그것을 부풀린 채 컨트롤해야 한다.

피의 컨트롤은 한 방울 한 방울 전부 움직이는 것으로 단순히 강한 것만으론 할 수 없는 일이었다.

강해는 미간을 잔뜩 찡그렸다.

'블러디 핸드에 악마의 손아귀까지 쓰게 될 줄이야….'

순수하게 일대일 대결로 오달영은 강해에게 상대도 되지 않는다. 강해가 아무런 기술을 쓰지 않고, 맨몸으로도 충분히 제압할 수 있었다.

하지만 범위 공격으로 일반인들에게도 피해를 끼칠 수 있었고, 강해는 그것을 막기 위해 여러 기술을 동원해야 했다.

'조금 귀찮았지만….'

강해는 표정에서 드러내진 않았지만 속으로는 싱긋 웃었다.

'여기 진짜 재밌잖아?'

원래 세상인지 아닌지, 다시 돌아온 것인지, 처음 온 것인지, 애매한 지금 세상.

아무래도 좋았다.

마음에 들었다.

오달영은 악마의 손아귀에서 벗어나지 못한 채 짧은 신음을 내뱉었다.

"죽어라."

강해가 나지막이 말했다.

그 순간이었다.

"멈춰!"

"꼼짝 마!"

은행의 정문으로 두 명의 헌터가 뛰어 들어와 목소리를 높였다. 남자와 여자였다.

40대로 보이는 남자는 양손에 16온스 글러브와 비슷한 크기의 묵직해 보이는 은색 건틀렛을 끼고 있었다.

[박종팔]

특성 : 복싱

잠재력 : 404

20대 중반의 단발머리 여자는 레이피어 형태의 기다란 검을 빼들었다.

[이은미]

특성 : 펜싱

잠재력 : 201

두 헌터의 건틀렛과 검은 4성급 마석으로 만든 장비였다. 그리고 4성 중급을 아우르는 협회 소속의 헌터들이었다.

박종팔은 다른 능력치에 비해 힘과 민첩성, 체력의 능력치가 높았고, 이은미는 다른 능력치에 비해 민첩성과 주문력이 높았다.

강해는 무표정한 얼굴로 두 사람과 눈을 마주쳤다.

오달영은 여전히 악마의 손아귀에 잡힌 상태였다.

이 세상이 뒤바뀌기 전에는 복서로, 세상이 바뀌자마자 쭉 헌터로 살아온 박종팔은 강해가 보통이 아니라는 것을 한눈에 알 수 있었다.

'강하다. 저 특성과 기술은 뭐지? 게다가 마나는 터무니없이 낮아.'

이은미가 소리쳤다.

"당장 손에 잡고 있는 남자를 놔줘!"

강해는 눈썹을 찡그린 채 그녀와 눈을 마주쳤다.

그가 오른손에 가볍게 힘을 줬고, 악마의 손아귀가 오달영의 몸을 조였다.

"커헉—!"

오달영의 코와 입에서 피가 뿜어져 나왔다.

쿨럭쿨럭.

오달영이 기침을 해댈 때마다 피가 분무기처럼 뿜어졌다. 숨을 쉴 때마다 삐— 거리며 바람이 새는 듯한 소리가 났는데, 부러진 갈비뼈들이 폐를 찌른 탓이었다.

"무슨 짓이야!"

이은미가 목소리를 높였다.

그녀는 손에 쥔 기다란 검을 뒤로 당기며 당장이라도 공격을 할 것 같았다.

그걸 막은 것은 박종팔이었다.

"다들 멈춰!"

그는 빠르게 눈알을 굴리며 상황을 파악했다. 그리고 쓰러져 있는 청원경찰을 먼저 챙겼다.

그 과정에서 강해는 범죄자가 아니고, 모두를 구한 이들이라는 점을 알 수 있었다. 단지 범인들의 제압을 너무 강력하게 했다는 것뿐이다.

청원경찰이 말했다.

"저는 괜찮습니다."

박종팔은 그를 의자 위에 눕혔다.

"금방 구급차가 올 겁니다. 조금만 참으세요."

청원경찰은 괜찮다는 듯이 씩 웃어 보였다.

박종팔이 강해에게로 시선을 옮겼다.

"모든 정황은 파악됐습니다. 이제 충분하니까 범인을 내려놓으시죠."

강해는 잠시 그와 눈을 마주치다가 고개를 가볍게 끄덕거렸다.

박종팔은 한시름 놓았다는 듯이 한숨을 내쉬고는 말했다.

"그럼 이쪽으로…."

그가 말을 마치기 전이었다.

강해는 피의 손으로 움켜쥐고 있던 오달영을 바닥에 툭 내던졌다.

"크흑."

오달영은 바닥에 널브러져서는 힘겹게 숨만 내쉴 뿐, 움직이지 못했다.

"이 자식이 진짜!"

이은미가 소리쳤다.

강해는 악마의 손아귀와 블러디 핸드를 거둔 뒤, 뭐가 문제냐는 듯이 물었다.

"놓으라며?"

"내려놓으랬지, 누가 집어던지랬어?"

그녀는 오달영의 상태를 살폈다.

"끄흐윽."

"안 돼! 이봐!"

오달영이 숨을 멈췄다.

이은미는 벌떡 일어나 강해를 노려봤다.

"당신이 전부 죽였어!"

"그게 뭐가 문제지?"

"문제가 되지! 이건 살인이야!"

"살인? 먼저 덤벼든 건 놈들이었다. 그것도 은행강도들이었지. 정당방위였고, 현행범을 잡은 것이니 아무런 문제가 될 게 없다고 보는데? 그리고 내가 아니었으면 여기 있는 사람들 전부 죽었을 수도 있어."

강해는 주위 사람들을 한 번 둘러본 뒤 말을 이었다.

"나는 이 은행에 있는 모든 사람들을 구했어. 오히려 이에 대한 보상금을 줘도 모자란 것 같은데 살인이라니."

"웃기지 마! 연행한다! 양손 모아서 이리내!"

이은미가 강해에게 다가서려 할 때였다.

건틀렛을 벗어 허리춤에 차고 잠시 휴대폰으로 무언가를 확인하고 있던 박종팔이 막아섰다. 그리고 그가 강해에게로 다가갔다.

"우선 범인들을…."

그는 죽은 세 남자를 힐끗 쳐다보고는 다시 강해와 눈을 마주치며 말을 이었다.

"제압해주셔서 감사합니다."

강해가 물었다.

"제가 한 행동 중에서 법적으로 문제가 되는 게 있습니까?"

"아뇨, 없습니다. 헌터들끼리의 싸움이니, 사실상 처벌은 없는 걸 잘 알고 계시겠죠. 살인은커녕, 과잉방위로도 보지 않습니다. 범죄자들이 아니었더라도 말이죠."

그의 뒤에 있던 이은미가 목소리를 높였다.

"선배님! 그게 무슨 말입니까? 저 남자는 우리가 와서 멈추라고 했는데도 멈추지 않았어요! 그런데 어째서…."

박종팔이 호통을 쳤다.

"협회 소속으로 활동하는 사람이 기본적인 법도 모르나? 자네의 도덕적 기준을 법에 들이대지 마!"

이은미는 아랫입술을 깨물며 고개를 숙였는데, 치켜뜬 두 눈은 강해를 향해 있었다.

박종팔은 강해를 보며 말했다.

"아무튼… 따로 하셔야 될 건 없고, 현상금 지급을 위해 신원조회에 협조 좀 부탁드립니다."

강해가 물었다.

"현상금이요?"

"예, 저희가 이곳에 왔을 때 잡고 계셨던 오달영은 현상금 1,000만 원이었습니다."

"나머지 둘은요?"

박종팔은 피떡이 된 신권호와 구겨져 있는 이호민을 쳐다본 뒤, 다시 강해에게로 시선을 옮겼다.

[신권호]

특성 : 없음

잠재력 : 0

[이호민]

특성 : 없음

잠재력 : 0

죽은 자에게서도 능력치는 확인이 가능하다. 하지만 살아 있을 때 지녔던 특성도 알 수 없고, 잠재력 또한 0으로 나온다.

잠재력 0은 죽은 이들에게서만 나오는 수치다. 1보다 낮은 수치는 측정 불가로 뜬다.

아무리 낮고 희박하다지만 발전 가능성이 아예 없다고 보는 것은 아님을 뜻했다.

즉, 잠재력이 0인 것은 죽은 이들에게만 적용됐다.

죽은 사람은 더 이상 강해질 수 없으니까.

박종팔이 말했다.

"둘 다 초범입니다."

"그래서요?"

"범죄자 체포의 경우 저희가 현상금을 걸지 않았으면 보상금이 지급되지 않습니다. 현상금이 걸려 있지 않아도 다른 죄들이 추가적으로 밝혀지거나, 큰 조직에 연루돼 다른 범죄에 성과를 보인다면 차후 보상금이 지급될 수는 있습니다."

그는 눈치를 살피며 말을 이었다.

"또한 이미 범죄를 저지른 경우라면 동급 던전의 보상금은 주어집니다. 다만, 두 남자의 경우 미수에 그친 상태에서 죽었기 때문에…."

그는 미안하다는 듯한 표정으로 말끝을 흐렸다.

강해는 팔짱을 낀 채 미간을 찡그리고 있었다.

이내 박종팔이 다시 말문을 열었다.

"게다가 이미 죽었기에 다른 것들이 밝혀질 가능성 또한 지극히 낮겠죠. 정황상 다른 일에 연루된 것도 없는 듯하고요…."

강해가 말했다.

"결국 보상금이 없다는 말을 뭐하려고 빙빙 돌려가면서 말합니까…."

"원칙을 확실하게 알려드리는 것뿐입니다."

"하나 물읍시다. 두 명은 초범이니 그렇다 쳐도, 오달영은 최소 4성급은 되는 거 같은데 왜 이렇게 현상금이 낮은 겁니까?"

"이번이 두 번째이고, 이전에는 벌인 일은 금품만 빼앗고 달아났기 때문에…."

강해가 그의 말허리를 잘랐다.

"아니, 누가 1,000만 원만 받고 4성급하고 전투를 벌인답니까? 전리품도 없는데?"

"최강해 씨는 돈을 위해서 범죄자를 잡으신 겁니까? 물론, 그런 헌터들도 많긴 합니다만."

"그런 건 아닙니다만, 좀 아니라고 생각해서…."

박종팔은 두 눈을 똑바로 마주치며 말했다.

"저희 대신에 수고스럽게 범죄자들을 제압하신 부분에 대해 감사드립니다. 다른 이들까지 구하셨으니, 정의로운 분이라고 생각합니다."

"……."

"아시다시피 현상금이란 게 꼭 직접 잡으셔야 지급되는 건 아닙니다. 범인을 체포하는 데 지대한 공헌을 해주시면 드리는 겁니다."

그는 죽은 오달영을 힐끗 보고는 말을 이었다.

"오달영의 경우 또다시 범죄행각을 벌이다 잡혔으니, 직접 제압하는 게 아니었다면 현상금을 받기는 힘들었을 테지만요."

강해는 이해했다는 듯이 고개를 끄덕거렸다.

"무슨 말인지 알겠습니다. 그러니까 법이 그렇다는 거죠? 내가 한 일에 대해서는 1,000만 원을 받을 거고."

"예, 감사장과 함께 1,000만 원을 전달해드릴…."

강해가 그의 말허리를 끊었다.

"돈은 계좌로 입금해주시고, 감사장은 필요 없습니다."

"직접 오셔서 받지 않으셔도 되긴 합니다만, 감사장을 굳이 거절하시는 이유라도? 주거지로 보내드릴 수도 있습니다."

"괜찮습니다. 필요 없습니다."

박종팔은 휴대폰을 꺼내들며 말했다.

"알겠습니다. 그럼 현상금 지급을 위한 신상파악에만 협조 좀 해주십시오. 그 다음은 가셔도 됩니다."

강해는 그 자리에서 바로 1,000만 원을 지급받을 수 있었다.

박종팔이 고개를 꾸벅이며 인사를 건넸다.

“수고하셨습니다. 앞으로도 헌터로서 많은 활동 부탁드립니다.”

“예, 수고하십시오.”

강해는 그를 지나쳐 은행을 나서려는데, 이은미가 도끼눈을 뜨고는 말했다.

“인정 못해.”

“뭐? 뭐를 인정 못한다는 거야?”

“당신 같은 헌터들의 방식, 난 인정 못해. 사람 목숨을 벌레처럼 취급하는….”

강해가 피식 웃으며 그녀의 말허리를 잘랐다.

“뭐라고 지저귀는 거야? 범죄자들이라도 무조건 살려야 된다는 말인가?”

“그래, 난 그렇게 생각해. 체포해서 법의 심판을 받게….”

“그게 수십, 수백 명을 죽였다고 해도 그렇단 말이지? 자칫 잘못하면 본인까지 죽을 수 있는데도? 내 말이 맞나?”

“…….”

“네 가족을 전부 죽인 놈이더라도 너는 복수하지 않고, 잘 모셔다가 법의 심판을 받게 하겠다는 건가?”

“그런….”

강해가 다시 그녀의 말허리를 잘랐다.

“이런 세상에 살면서 그런 안일한 생각을 하다니… 이런 범죄를 일으키는 놈들은 다른 이들의 목숨을 벌레만도 못하다고 여긴다. 눈 하나 깜짝하지 않고 사람을 죽인다고. 살려둬서 좋을 게 하나도 없어."

이은미가 앙칼진 목소리를 높였다.

"그건 당신이 판단할 문제가 아니야!"

"그거야 그렇지."

강해가 곧바로 수긍하자 그녀는 당황하며 눈썹을 찡그리고 물었다.

"뭐?"

NEO MODERN FANTASY STORY

5. HM 상점

만렙 버서커

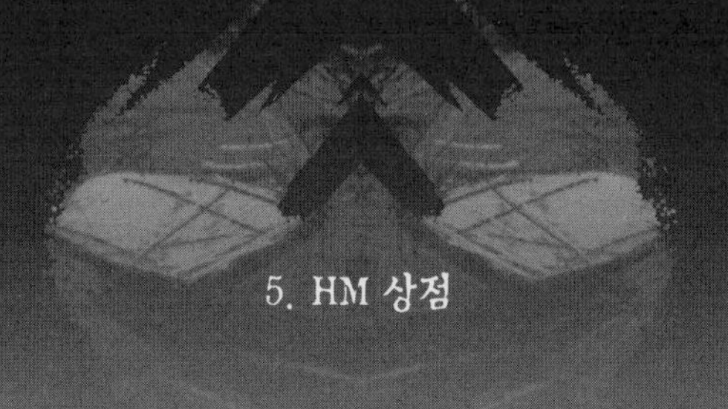

5. HM 상점

강해는 그녀와 두 눈을 똑바로 마주치며 말했다.

"내 판단이 항상 옳다는 생각은 안 해. 하지만 저런 놈들을 죽인 게 틀렸다고도 생각하지 않아. 내가 죽인 세 명은 나를 죽이려고 했고, 여기 있는 모든 사람들의 목숨을 손에 쥐고 흔들기도 했지."

"……."

"적어도 하나는 확신할 수 있어. 다른 사람의 목숨을 가져가려 할 땐 자신의 목숨도 내놓은 거야. 죽어도 할 말이 없다는 거지."

이은미는 씩씩거리며 별다른 말을 하지 못했다.

강해는 조롱하듯 말했다.

"아직 어려서 그런가, 아니면 동화책을 너무 많이 읽어서 그런가? 협회 소속으로 일하려면 냉철한 판단력이 중요하다고 생각되는데… 상당히 감정적이네."

이은미가 인상을 잔뜩 꾸기고 목소리를 냈다.

"당신 진짜…."

강해가 그녀의 말허리를 잘랐다.

"본인에게 닥친 일이 아니니까 이상적인 말들을 하겠지. 그래, 체포하고, 법대로 처리하고, 그렇게 갱생하면 얼마나 좋아."

그는 검지를 세워 까딱거렸다.

"그런데 사람들이 다 그렇지 않거든. 절대 갱생이 불가한 놈들도 있고, 죽어 마땅한 놈들도 있는 거야. 죽어야만 되는 놈들도 있고."

"그렇다고 법을 무시하면…."

"법? 그래, 말 잘했네. 법대로 했잖아? 나는 네가 좋아하는 법대로 한 거야. 아무런 죄도 없어. 정당방위였다고. 그런데 너는 어떻게 했었지? 나를 연행하겠다고?"

강해가 두 눈을 번뜩이며 말을 이었다.

"아무 죄도 없는 나를, 수십 명을 죽일 수도 있었던 범죄자를 제압한 나를 잡으려 했잖아? 법을 무시하고 말이야."

"이……."

이은미는 얼굴을 붉혔지만, 반박은 하지 못했다.

강해는 박종팔을 향해 고개를 돌렸다.

"저기요, 당신 부하직원 아닙니까? 나이도 어린 게 아까부터 계속 반말하고, 일처리도 감정적이고… 이래서 되겠습니까? 협회도 다 세금으로 굴러가는 거 아니에요?"

그는 속으로 생각했다.

'내가 나이가 몇인데 이런 핏덩이한테….'

강해가 실제로 보낸 세월은 60년에 가까웠으니, 말도 안 되는 것으로 꼬투리를 잡고 늘어지며 헛소리를 해대는 이은미가 더 아니꼬울 수밖에.

은행직원들과 사람들을 살피던 박종팔은 곧바로 사과를 하고는 이은미를 나무랐다.

"그럼 전 이만 가보겠습니다— 수고들 하세요."

강해는 인사를 건네고는 몸을 돌려 걸음을 옮겼다. 그는 이은미의 옆을 지나치며 나지막이 말했다.

"만약 박종팔 씨가 이곳에 없었다면… 그래서 네가 나한테 덤벼들었다면… 너도 죽었을 거다."

"이 새끼, 너—!"

이은미가 눈을 희번덕거리며 레이피어를 치켜들었다.

강해는 실컷 도발을 하긴 했지만, 그녀가 진짜로 공격하려고 할 줄은 몰랐다. 그리고 대환영이었다. 헌터 대 헌터, 먼저 덤벼든 이상 정당방위.

그 순간이었다.

'차지.'

텅!

박종팔이 어깨로 검을 치켜든 이은미를 밀쳤다.

'더블 바디.'

텅! 텅!

그의 왼쪽 주먹과 오른쪽 주먹이 연달아 이은미의 양쪽 옆구리를 후려쳤다.

"크흑!"

건틀렛도 착용하지 않은 상태고, 적당히 힘 조절을 한 것인지 그녀가 쓰러지진 않았다. 하지만 그 순간을 멈추게 하는 데는 충분했다.

강해는 오른손에서 힘을 천천히 빼며 아쉬운 표정을 지었다.

박종팔은 이은미를 향해 소리쳤다.

"너 미쳤어? 당분간 현장 다닐 생각은 꿈도 꾸지 마!"

그는 곧바로 강해를 향해 몸을 돌리곤 머리를 숙였다.

"죄송합니다. 제가 교육을 제대로 못 시켜서…."

강해가 씩 웃으며 말했다.

"꼭 아버지와 딸 같네요. 상식이 있는 아버지와 개념 없는 딸."

이은미는 인상을 찡그리며 입을 열려 했지만, 박종팔이 눈을 흘기자 고개를 숙였다.

강해는 박종팔을 향해 고개를 가볍게 꾸벅인 뒤, 고개를 숙이고 있는 이은미의 앞으로 바짝 다가섰다.

"계속 사람의 목숨에 대해 타령하는데… 사람대우를 받고 싶으면, 사람답게 행동해야 되는 거야. 난 짐승만도 못한 놈들까지 존중하고 싶은 마음 따위 없어. 계속 그딴 생각을 갖고 있다가는 언젠가 크게 후회할 날이 올 거다."

그의 목소리에는 미래를 예견이라도 하듯 확신에 가득 차있었다.

강해는 다시 박종팔을 보며 가볍게 인사를 건넨 뒤에 걸음을 옮기다 멈춰 섰다. 그러고는 고개를 돌리고 말했다.

"아, 하나 잘못 말했다. 아까 내가 죽인 것들은 사람이 아니야."

그는 잠시 생각하는 듯하다가 말을 이었다.

"그래, 쓰레기. 그런 것들은 전부 쓰레기지. 그리고 쓰레기는 치워야 된다."

이은미는 고개를 숙이고 있다가 곁눈질로 강해를 쳐다봤다. 눈이 마주쳤고, 그녀는 황급히 다시 고개를 숙였다.

붉은 기운이 서린 강해의 두 눈은 그녀가 살아오면서 보았던 그 어떤 눈보다 섬뜩했다. 그리고 어떠한 인간이나 짐승에게서도 보지 못한 눈이었다.

강해는 박종팔을 힐끗 쳐다본 뒤, 이은미를 뚫어져라 보며 나지막이 말했다.

"당신들도 치워야 할 쓰레기가 되지 않길 바라지. 난 쓰레기 청소하는 걸 아주 좋아하거든. 특히 이은미… 너는 쓰레기라 할 수는 없지만, 쓰레기를 방치하는 년이라…."

그는 말끝을 흐리고는 몸을 돌려 걸음을 옮겼다.

박종팔의 얼굴에는 복잡한 감정들이 드리워 있었다. 긴장감이 역력했고, 조금은 씁쓸하면서도 이해도 된다는 듯한 얼굴이었다.

그는 입을 굳게 다문 채 강해의 뒷모습이 보이지 않을 때까지 같은 곳을 응시했다.

그 와중에도 이은미는 분하다는 듯이 아랫입술을 깨물고 있었다.

'쓰레기 같은 새끼… 언젠가 반드시 처넣을 거야.'

이날 이은미는 감봉 20퍼센트에 시말서 작성 및 현장 출동 일주일 정지를 당했다.

지갑이 두둑해진 강해의 발걸음은 가벼웠다. 단순히 돈 때문은 아니었다. 지금 속한 세상에 대한 기대감이었다.

그가 제압한 은행강도들이 엄청나게 강하거나 한 것은 아니었지만, 피를 끓게 하기는 충분했다. 스스로는 아니어도 위기일발의 상황이 나오기도 했고.

마지막에 이은미가 덤벼드는 것을 박종팔이 막아선 것은 아쉬움이 남았다.

'한 번 호되게 당해봐야 되는데.'

생각의 차이는 있어도 이은미가 마냥 나쁘다고 할 수는

없으니 죽일 생각은 없었다.

감정에 휘둘려 자신을 제대로 컨트롤하지 못하는 모습은 미숙하기 그지없었고, 언젠가 사고를 칠 것으로 보였지만.

작정하고 덤벼들려고 한 이은미를 처음부터 죽일 생각이 없던 강해의 나쁜 버릇 하나.

그는 갱생이 불가능해 보이는 쓰레기가 아니면 좀처럼 죽이지 않는다.

대부분 회복이 불가능한 부상을 입혀 장애를 안고 살아가게 하니 죽음보다 큰 고통을 안기기도 한다.

하지만 분명히 그것을 극복하거나, 회복에 성공하는 이들도 있다.

그리고 개가 주인을 보고 꼬리를 치는 것처럼 당연하게도 강해를 향해 복수의 깃발을 흔든다.

강해의 나쁜 버릇, 더 강해져서 복수하러 온 이들과 맞붙는 것을 즐긴다. 그것을 완전하게 무너트린다.

갱생한다면 그건 그것대로 좋은 것이고, 더 강해져서 복수를 하러 와서 무너진다면 더욱 좋다.

더 강한 자와의 재대결! 완전한 쓰레기 청소!

두 번의 자비는 없다.

그와 맞붙은 이가 단 한 번의 자비를 얻을 기회의 기준.

방금 이은미처럼 타인이나 특정 상황이 작용한다. 그전의 은행강도들은 일말의 망설임도 없이 죽인 것에서도 드러난다.

두 가지 요소가 강하게 적용돼도 살려주는 편이 많다.

첫 번째, 강해를 향한 복수심만 불타올라 다른 범죄를 저지를 확률이 없는 놈, 그저 강해져서 강해와 맞붙는 것이 최우선인 놈, 복수를 하기 전까지는 다른 곳으로 시선을 돌리지 않을 놈일 때다.

두 번째, 더 강해질 여지가 있는 놈. 능력치로 보이는 잠재력 따위로 판단하는 것이 아니다. 더 판타지아에 있을 때부터, 수십 년을 싸운 덕분에 알 수 있는 것이었다. 정확하지는 않지만.

이러니저러니 해도 결국 모든 것은 강해의 결정에 달렸다. 그의 기분, 변덕에 따라 결과는 달라질 수도 있고.

그리고 그럴 수 있는 이유는 단순하다.

그럴 만한 힘을 가지고 있으니까.

강해는 건대입구역에 있는 로데오거리로 들어섰다. 옷부터 새로 살 생각이었다.

'집에 있는 옷들은 싹 다 버려야 되겠네.'

트레이닝복이나 운동화 따위를 전문적으로 취급하는 매장으로 들어서려는 찰나, HM 상점이 그의 시야에 들어왔다.

그곳에는 강해를 향해 보란 듯이 옷이 걸려 있었다.

'저기로 가볼까?'

그는 곧바로 몸을 돌려 HM 상점으로 들어갔다.

헌터와 몬스터에 관한 모든 것들을 취급하는 HM 상점에는 각종 무기와 장비, 몬스터의 부산물 등 온갖 것들이 다 진열돼 있었다.

전시돼 있는 것들이 전부가 아님을 알리는 안내문구도 붙어 있었다.

-찾으시는 상품이 있으시면 말씀해주세요.-

-진열돼 있지 않은 상품들도 있으니 문의해주세요.-

강해가 이리저리 시선을 옮기는 중이었다.

"뭐 찾으시는 거라도 있으십니까?"

남자 점원이 씩 웃으며 물었다.

강해는 잠시 상품들에 시선을 두다가 남자와 눈을 마주쳤다.

"일단 좀 봐야 될 거 같은데… 여러 가지 필요해서요."

남자는 눈을 반짝이며 이를 드러냈다.

"그렇습니까? 어떤 걸 찾으십니까?"

"글쎄요."

전투를 마치고 온 터라 강해의 행색은 그리 좋지 못했다.

옛날이었다면 웬만한 가게는 그가 들어서는 것을 꺼렸을 것이 분명했다.

옷에 튄 핏자국이 조금만 더 선명했다면, 경찰에게 조사를 받아야 했을 것이다.

하지만 세상은 달라졌다. 전투를 치른 흔적은 곧 헌터임을 증명한다.

모든 전문직들 중 평균 수입이 가장 높은 것은 헌터이다.

최상위권과 최하위권의 빈부격차가 가장 큰 것도 헌터였고.

강해는 누가 봐도 우습게 볼 외모는 아니다. 덩치가 크기만 할 뿐만 아니라, 엄청난 근육질 그리고 눈을 가로지르는 흉터가 위압감을 준다.

헌터들 사이에서 겉모습은 강함의 기준이 될 수 없다. 일반인들 역시 그러한 사실을 인지하고 있다.

하지만 머리로만 알지, 딱히 느낄 수 있는 것이 없으니 막상 대면할 때는 10성의 가녀린 여자보다 우락부락한 1성의 남자가 더 강해 보일 수밖에.

남자 직원은 HM 상점에서 일한지 3년 1개월, 서당개 3년이면 풍월을 읊는다고 했다.

그는 마나를 감지할 수도 없고, 이름이나 특성, 잠재력조차도 볼 수 없다.

일반인이니까.

하지만 그 행색과 행동 등을 보고 감을 잡을 수 있었다.

그리고 그의 감이 말하고 있었다.

'손놈… 손님… 아니, 고객님이다.'

❖

강해의 행색은 보기 좋지 않았다. 남자 역시 그가 전투를 치르고 오는 길이라 확신했다.

그리고 그의 두 눈은 강해의 얼굴과 드러난 부분들을 빠르게 훑었다.

'상처 하나 없이 말끔하다.'

강해가 주머니에서 마석들을 꺼냈다. 2성급 마석 네 개와 3성급 마석 하나였다.

"일단 이것부터 처분하고 싶은데요."

남자의 예상이 들어맞았다.

'고객님.'

그는 생긋 웃으며 강해를 가게 안쪽으로 안내했다.

가게 안쪽으로는 분리된 공간이 있었는데, 중요손님을 위한 공간이 마련돼 있었다.

창고 혹은 거대한 금고 역할도 겸하고 있었는데, 그 만큼 고가의 물건들만 즐비했다.

남자 점원은 다시 밖으로 나갔고, 안에는 HM 상점의 사장이 기다리고 있었다.

때마침 안쪽에는 다른 손님이 없었고, 강해는 그와 편안하게 거래를 할 수 있었다.

"이 마석들 좀 처분하려고 하는데요."

강해는 마석들을 내보였다.

사장은 유심히 들여다보다가 물었다.

"네 개 다 파실 겁니까?"

"예."

"2성 중급 마석 네 개에 1,800만 원이고, 3성 하급 마석 700 쳐드리겠습니다."

강해는 순간 놀랐지만, 겉으로 내색하지 않았다.

3성 중급에 해당하는 던전을 처리하고 받은 보상금은 300만 원이었다. 몬스터들에게서 챙긴 전리품도 그리 큰돈이 되지는 않았다.

하지만 마석은 하나만으로도 보상금과 전리품으로 인한 수익보다도 큰 액수였다.

사장이 실실 웃으며 말했다.

"그나저나 이거 다 모으느라 고생 좀 하셨겠습니다."

그는 강해를 위아래로 훑어보고는 말을 이었다.

"아마 그것 때문에 지금도… 뭐, 딱히 부상은 없으신 거 같지만."

"아뇨, 그건 어제 챙긴 겁니다. 이건 다른 일을 좀 보다가 그런 거고."

사장이 눈을 크게 뜨며 물었다.

"어제 하루 만에 이걸 다 챙기신 겁니까? 낮은 던전들을 빠르게 많이 처리하는 스타일이신가? 등급이 어떻게 되시길래?"

강해가 눈썹을 찡그리며 되물었다.

“하루 만에 챙긴 게 뭐가 어때서요? 제 등급은 왜 물어보십니까?”

사장은 양손을 내저으며 말했다.

“아, 오해하지 마십시오. 마석이란 게 나올 땐 잡는 몬스터마다 나오다가도, 안 나올 땐 수십 마리를 잡아도 안 나오지 않습니까? 요즘이 좀 그런 시기고요. 마석을 매입하고 싶어도 없어서 못 사는 상태니까요.”

“그래요?”

“예, 손님도 요즘 사냥하실 때 못 느끼셨습니까? 헌터들 사이에도 말이 많을 텐데요.”

그가 말을 이었다.

“저는 그래서 어제 하루 만에 마석 네 개를 챙기셨다고 하니까, 던전 여러 군데를 돌아다니셨구나— 했죠. 그래서 괜히 등급이 궁금했던 겁니다. 사실 나름 제 가게에 자부심이 있긴 하지만, 하루 만에 던전 여러 군데를 돌 체력이 되는 사람이면….”

그는 강해 정도 되는 남자가 왜 자신의 가게에 왔는지 궁금해 하는 눈치였다.

강해가 물었다.

“저 이제 4성 됐는데, 여기엔 제가 쓸 만한 게 없습니까? 다른 곳으로 가야 되나….”

“예? 4성이요?”

“네, 뭐, 문제라도?”

사장은 떨떠름하게 말했다.

"그냥 조금 비효율적이지 않나, 해서요. 이제 막 4성이 되셨으면, 혼자서 3성급 던전을 처리하기는 힘드실 거 아닙니까? 파티를 돌아도 등급이 낮은 던전을 여러 군데 도는 건 좀…."

"혼자 다녔습니다만… 던전을 여러 군데 돌지도 않았구요. 요즘 마석이 잘 안 나온다는 것도 별로 공감이 안 되네요. 다섯 마리 잡아서 네 개 나왔는데."

"그게 정말입니까?"

강해는 눈썹을 찡그리며 대답했다.

"그럼 정말이죠. 이런 거 거짓말해서 문제될 게 뭐가 있습니까?"

"아니, 그런데 3성급 던전에서 몬스터가 다섯 마리밖에 안 나왔습니까?"

"원래 더 많이 나옵니까?"

"그걸 말이라고 하십니까? 보통 던전이란 게 적게는 한 마리부터 많게는 수십 마리까지 나오고, 거기서 마석 몇 개 건지면 이득인 거죠. 물론 사지가 멀쩡하다는 가정하에 말이죠. 손님은 정말 운이 좋으셨던 겁니다."

"그런가보네요."

그는 눈을 가늘게 뜨고는 약간 의심스럽다는 듯이 물었다.

"정말 던전을 다녀오신 건 맞습니까?"

강해가 표정을 굳혔다.

"그건 무슨 뜻입니까?"

사장은 순간 아차 싶었는지 헛웃음을 치며 말했다.

"아아, 오해하지 마십시오. 솔직히 조금 이상하긴 했으니까요. 4성 헌터라는 분이 너무 기본적인 것들도 모르시니까…."

"그렇다고 말을 그런 식으로 하면… 듣는 입장에서 어떻겠습니까?"

"죄송합니다. 다른 뜻은 없었습니다. 그냥 다른 쪽에 계신 분인가 해서…."

"다른 쪽이요?"

"그 있잖습니까, 블…."

사장은 말끝을 흐렸다.

강해는 그가 블랙마켓에 대해 언급하고 있음을 알아들었다. 하지만 멋대로 사람을 판단하며 의심한 것이 괘씸해 좀 더 압박을 가했다.

"블, 뭐요?"

"그 블랙…."

"왜 자꾸 말끝을 흐리십니까? 블랙 뭐요?"

"블랙마켓이요, 죄송합니다. 혹시 그쪽 일을 하시는 분인가 했어요."

"제가 그쪽 일을 하는데 뭐하려고 마석을 당신한테 팔겠습니까? 그쪽에서 팔면 되는데. 안 그래요?"

"그거야 그렇죠…."

강해는 인상을 찡그리며 재촉했다.

"쓸데없이 시간 낭비하지 말고, 거래나 합시다."

"예, 예…."

원래 사장이 언급했던 금액은 2,200만 원.

강해는 시세 사이트에서 검색을 요구했고, 사장은 휴대폰으로 인터넷에 검색을 해 보여줬다. 인터넷에서 마석들을 따로따로 팔면 2,100만 원에서 2,300만 원 정도를 받을 수 있었다. 사장은 마석을 직접 눈으로 확인하며 제안한 가격이니, 알맞은 가격을 제안한 거라 볼 수 있었다.

강해는 그 제안을 받아들이지 않았지만.

"2,300만 원."

"예? 하지만 제가 제안한 가격은 결코…."

"2,200만 원이요?"

"예, 그게 알맞습니다만…."

"그럼 이제부터 구입할 물건들을 좀 싸게 넘겨주시죠."

사장은 떨떠름하게 "예."하고 대답하고 말았다.

괜히 의심의 눈초리를 보냈다가, 블랙마켓 언급을 한 번 했다가 벌어진 일이었다.

강해는 시종일관 인상을 찡그린 채 재촉하고, 압박했다.

사장은 그에 손을 든 것이다.

강해에겐 지금 손에 쥐어진 거나 다름없는 2,200만 원을 제외하고도 약 1,700만 원이 더 있었다.

강해가 필요로 하는 것은 우선 옷이었다.

일상복은 아무거나 사면되지만, 전투를 치를 때 입을 옷이 필요했다.

그리고 지금까지는 맨손으로 싸워왔지만, 무기도 있었으면 했고.

현재 들어서 있는 가게에 보유한 장비들은 1성급부터 4성급까지였다. 장비 자체로 등급을 나눈다기보다는 그에 사용된 몬스터와 마석에 따라 등급이 나뉘었다.

그에 따라 효과도 달라지긴 했지만. 5성급 이상의 장비들은 더 큰 곳으로 가야 된다고.

모든 장비들은 몬스터에게서 나온 것들로 만들어지거나, 마석을 접목시킨다. 둘 모두를 더한 경우도 있었고.

지금 이 상점에는 없지만, 마석을 에너지원으로 쓰는 슈트도 존재했다.

장비들은 능력치에 직접적으로 관여를 하는 경우가 많았다.

힘, 민첩성, 체력, 정신력, 주문력 중 일부분을 올려주는 것이다. 몇몇 장비들은 특정 능력치가 내려가는 대신 다른 능력치를 더 큰 폭으로 높이는 경우도 있었다.

"1성 무기는 보통 적게는 10에서 많게는 20까지도 능력치를 올려줍니다. 손님은 4성이시니 4성급에게 알맞은 장비를 보는 게 좋겠죠. 그 이상의 장비들은 저희 가게에 없기도 하고, 워낙 고가이다 보니…."

"4성 장비의 경우 능력치를 얼마나 올려줍니까?"

"저희 가게에 있는…."

사장은 잠시 두리번거리다가 장검 하나를 가리키며 말했다.

"저 검의 경우 힘을 22, 민첩성을 19 올려줍니다. 직접 살펴보시면 아실 수 있을 겁니다."

강해는 직접 장검을 손에 쥐며 찬찬히 살펴봤다. 다른 사람의 능력치를 볼 때와는 다르게 직접 손으로 만지며 집중하면 능력치에 얼마나 관여하는지 알 수 있었다.

굳이 비교를 하자면 마석이 담고 있는 마나를 느끼는 것과 비슷했다.

[튼튼하고 예리한 장검]

근력 : +22 민첩성 : +19

또한 장비로부터 능력치를 올려주는 효과를 받기 위해서는 마나의 운용이 필요했다. 장비도 신체의 일부처럼 마나로 연결하는 거랄까.

강해가 물었다.

"이런 건 얼마나 합니까?"

"그게 4성급 몬스터하고 검을 이용한 거거든요. 2,100만원만 주세요. 싸게 드리는 겁니다."

강해는 검을 다시 내려놓았다.

몬스터와 마석을 이용해 만든 장비들은 엄청난 효과를 지닌 만큼 가격도 비쌌다.

하지만 능력치 자체를 바꿔버리니 그 효과는 절대적이라 할 수 있었다.

5성 무기는 50에서 60, 6성 무기는 60에서 70, 7성 무기는 70에 80, 이런 식으로 능력치가 배분됐다.

이건 무기뿐만 아니라, 옷이나 신발, 액세서리에도 적용된다. 결국 자신의 원래 능력치보다 장비로 증가하는 능력치가 더 높을 수도 있었다.

실제로 그런 경우가 적지 않았고, 현재 장비를 착용했을 때 잠재력을 제외한 능력치의 평균이 1,000이 넘어가는 헌터들은 수두룩하다고.

즉, 10성 헌터는 넘쳐난다는 것이다. 10성 이상의 장비들 중에서는 돈만으로는 살 수 없는 것들도 존재한다.

9성 장비는 90에서 100 정도의 능력치를 올려준다. 그렇다면 10성 장비는 100에서 110이란 말인데, 실상은 그렇지 않았다.

9성과 10성에 걸치는 100이란 수치, 그리고 101부터는 진정한 10성 장비인데, 그 한계가 없었다.

10성 헌터들 자체도 순수 능력치의 평균이 1,000을 넘어가는 경우가 비일비재하기에 같은 등급이라도 그 수준의 차이가 컸다.

거기에 엄청난 수치의 능력치를 올려주는 장비를 두르니

그 격차는 더 클 수밖에 없었다. 몬스터들 역시 그랬고.

그래서 의외로 가장 사상자가 많이 발생하는 등급은 10성이었다.

장비에 대한 것은 여기서 끝이 아니었다. 능력치만 올려주는 것이 아니라, 특정 몬스터를 이용해 만든 것은 그 능력까지 담고 있었다.

이러한 점은 헌터들도 일반인들과 같았다. 시작점이 다른 것이다. 타고나는 능력이나, 자신의 노력만큼 혹은 그보다 중요할지도 모르는 것이 '배경' 이었다.

시작부터 높은 등급의 장비들을 두르고 전장에 뛰어드니 우수할 수밖에.

강해는 피식 웃으며 장비들을 둘러봤다.

'장비 빨이 중요한 거구만….'

그의 입가에는 미소가 가득했다. 미소는 멈추지 않았다.

기대감 때문이었다. 그에게 지금 세계는 알아갈수록 최고의 환경이었다. 4성급 헌터라고 해도 그의 상대가 안 되는 것은 마찬가지였다.

다양한 능력 덕분에 싸우는 재미는 있었지만, 결국 일대일로 진짜로 맞붙어볼 상대는 없다고 생각했다.

그 상대가 10성급이라도 위기감을 주기에는 부족할 거라 생각했다.

하지만 그 한계가 없는데다가 장비로 다른 특성까지 더해서 더 강해질 수 있다는 점은 기대가 됐다.

몬스터들 또한 더 강한 놈들이 있다고 하는 점이 마음에 들었다.

전투광인 그로서는 기대가 될 수밖에.

❖

강해는 입가에 미소를 머금었다.

'얼른 10성이 돼야겠어. 해볼 게 너무 많네.'

사장이 물었다.

"다른 걸로 보여드릴까요?"

"일단 옷이랑 신발부터 좀 고릅시다."

사장은 모조리 4성급 갑옷, 슈트, 재킷, 바지, 부츠 등을 추천했다.

능력치를 40에서 50을 올려주는 것들이었다.

하지만 강해는 그런 능력치에는 관심이 없었다. 능력치 측정이 불가능한 그에게 아무런 의미가 없었으니까.

"능력치보다 특성이 담긴 장비는 없습니까?"

"몇 가지 있긴 하지만, 능력치가 워낙 적게 붙거나 그다지 쓸모는 없거든요."

"일단 다 보여주시죠."

사장은 하나하나 물건들을 꺼내서 보여주는데, 딱히 강해의 마음에 드는 것은 없었다.

그때 얘기를 들은 남자 점원이 상의와 하의가 따로따로인 옷을 가져왔다.

"이것도 있어요."

레이싱 슈트 같은 디자인이었는데, 상의는 피가 번진 듯 혹은 폭발한 듯한 무늬가 붉게 번져 있었고, 하의는 검붉었다.

신발까지 있었는데, 발목까지 올라오는 부츠로 시커멨다.

사장이 인상을 찡그린 채 손을 내저었다.

"그건 보여드릴 것도 없어. 도로 가져가."

강해가 말했다.

"왜요? 디자인은 딱 내 건데."

"저건 능력치가 1도 올라가지 않습니다."

"특성은요?"

옷과 신발은 1성 하급 마석과 1성 하급 몬스터인 슬라임, 3성 하급 몬스터인 열 도마뱀의 가죽을 사용해 만든 것이었다.

[리커버리 상의]

특성 : 재생

[리커버리 하의]

특성 : 재생

[리커버리 부츠]

특성 : 재생

강해는 이해가 안 된다는 듯이 말했다.

"재생?"

사장이 상의를 집어 들더니, 커터칼로 마구 찢기 시작했다.

"뭐 하는 겁니까?"

강해가 물었다.

사장은 무던한 표정으로 손에 들고 있는 옷을 가리켰다.

"보세요."

옷의 찢어진 부위가 스멀스멀 움직여 다시 붙기 시작했고, 곧 새 것처럼 변했다.

"보셨죠? 처음에 이 옷을 개발했을 때 세상이 떠들썩했습니다. 특성이 재생이었으니까요. 헌터들이 이 옷을 입고 마나로 동기화시키면, 착용자의 재생력까지 올라갈 것으로 봤었죠."

사장은 인상을 구긴 채 옷을 한 번 쳐다보고는 말을 이었다.

"하지만 이 빌어먹을 옷은 자기만 재생하죠. 입은 사람이 뒈지든 말든 자신만 재생합니다. 오히려 부상을 더 크게 만들 수도 있죠. 예를 들어 전투 중에 다리가 부러져 뼈가 튀어나왔다고 생각해보세요."

그가 말을 마치기 전, 강해가 이해했다는 듯이 고개를 끄덕거리며 말했다.

"옷이 원래대로 돌아가면서 부상을 짓누르겠네요."

"그렇죠. 이 옷은 쓰레기입니다. 처음에는 일반인들이 입는 명품 등에 이러한 기능을 추가하려 했었죠."

그는 가벼운 한숨을 내쉬고 말을 이었다.

"하지만 일반적인 옷 역시 상품화하는 게 불가능했습니다. 사서 입을 사람이 없었거든요. 일반인들이라고 안 다치는 건 아니니까요. 그래서 업계에서는 방향을 전환했죠. 가방 같은 것에 말이죠."

"그래서 어떻게 됐나요?"

"그것도 안 됐습니다. 이게 마석이랑 슬라임, 열 도마뱀을 섞어서 만든 거라서 그런지, 색깔이 제멋대로입니다. 무늬도 일정치 않고요. 염색을 해도 금세 원래 색이 드러나요. 결국 상품 가치가 없다고 봐야 되는 거죠."

강해가 의아하다는 듯이 물었다.

"그런데 왜 그걸 여기 뒀습니까?"

"재고죠. 이거 개발한 회사가 망해버려서 반품도 안 돼요. 버리자니 들인 돈이 아깝고… 그래서 그냥 놔둔 겁니다."

사장은 옷을 신경질적으로 집어던졌다.

"에이, 괜히 또 생각나서 열만 뻗치네!"

강해가 씩 웃으며 말했다.

"제가 사죠."

사장은 자신의 귀를 의심하듯이 말했다.

"네?"

"제가 산다구요. 그거 얼맙니까?"

"예?"

"옷이랑 신발 전부 제가 사겠다구요."

"이걸 말입니까?"

"네, 얼마입니까?'

사장은 당황스러움을 감추지 못한 채 말했다.

"아니, 당신은 헌터지 않습니까… 이건 방금 말씀드렸다시피…."

"뭘 사는지는 제가 결정할 문제고요. 얼마죠?"

"그게… 이걸 제가 들여올 때 원가가 상의만 이백…."

강해가 그의 말허리를 잘랐다.

"버리자니 아깝고, 아무도 사가지 않는 걸 설마 제값을 받을 생각은 아니겠죠?"

그는 던져져서 바닥에 떨어져 있는 옷을 한 번 쳐다보고는 말을 이었다.

"보관도 엉망에 바닥에 굴러다니던 걸 말이죠. 몸에 직접 입는 옷인데."

"아…."

강해는 옷과 신발까지 전부 90만 원에 구입할 수 있었다.

상의, 하의, 부츠까지 각각 30만 원인 셈.

1성 하급 마석만 세 개가 들어갔으니 최소 400만 원 이상은 들어간 것을 생각하면 거저나 다름없었다.

사장의 입장에서는 괜스레 속이 쓰렸다.

"아니, 이렇게 팔 바에는 차라리 안 파는 게…."

강해는 그의 말을 단번에 쏙 들어가게 했다.

"들어간 재료들을 생각하면 손해 보는 기분이겠죠. 그래서 평생 아무도 사지 않을 걸 가게에 두면 뭐합니까? 본인이 입으실 거예요? 아니잖아요. 사실상 아무도 사지 않는 쓰레기를 제가 90만 원이나 주고 산다고 생각하면 이득 아니에요?"

그는 눈썹을 살짝 들어 올리며 말을 이었다.

"나중에 버리면서 그때 90만 원이라도 받고 팔 걸… 하면서 후회하지 마시고, 넘기시죠."

그렇게 강해는 그 자리에서 리커버리 옷으로 갈아입고, 리커버리 부츠를 신었다.

"제가 벗어둔 것은 다 버려주세요."

다른 세계에서 입고 온 것들은 이미 낡을 만큼 낡아서 필요가 없었다.

지금 세계처럼 능력치를 더해주거나 특성이 있는 것도 아니었고.

강해는 장비에 붙는 능력치에는 아무런 관심도 없었다. 자기 자신이 가진 힘에 대한 절대적인 믿음과 자신감 때문이었다. 실제로 능력치는 측정이 불가하니 의미도 없었고.

그가 굳이 능력치를 필요로 한다면 터무니없이 낮은 주문력과 정신력 정도밖에 없었다.

리커버리 세트를 두른 강해는 만족스러웠다.

'이거면 마음껏 싸울 수 있겠네.'

예나 지금이나 전투를 마치면 옷을 버려야 한다. 그렇다고 불편한 갑옷을 두를 생각도 없었다. 갑옷 또한 내구력이 영원한 것은 아니었고.

아무튼 능력치도 없고, 방어의 기능은 존재하지 않지만 강해에게는 안성맞춤인 옷이었다.

그리고 이제는 무기가 필요했다. 아무리 휘둘러도 망가지지 않고, 그의 힘을 견딜 수 있는 무기.

강해가 말했다.

"가장 튼튼한 검 좀 보여주시죠."

사장은 화색을 띠며 자신 있게 검 하나를 내보였다.

[오크 전사의 검]

근력 : +18 체력 : +26

특성 : 컴뱃 마스터

사장이 미소를 지으며 말했다.

"4성급 무기 중에 이만한 놈은 드물죠. 게다가 무기 중에서는 특이하게도 체력을 올려주기도 합니다."

"컴뱃 마스터는 뭡니까?

"아, 이 무기가 자랑하는 특성이죠! 사용자의 주문력에 영향을 받아 능력치를 올릴 수 있게 해준다고 하더군요."

장비의 특성은 그저 유지되는 것뿐만 아니라, 사용자가 누구냐에 따라서, 그리고 활용하여 능력을 발휘하기도 했다.

하지만 강해에게는 필요가 없었다. 검 자체도 마음에 들지 않았고.

"다른 거 보여주세요."

"예? 이건 정말 괜찮은…."

"다른 걸 다 떠나서 그리 튼튼하지 않은 거 같아서 말이죠."

사장이 헛웃음을 쳤다.

"이게 튼튼하지 않다니요? 그게 무슨 말씀이십니까?"

"말 그대로입니다. 몇 번 휘두르면… 아니, 제대로 한 번만 휘두르면 이는 나가겠네요. 휘두를 때마다 이가 나가면 곤란하지 않겠습니까?"

그는 검을 슬쩍 살펴보고 말을 이었다.

"이 검보다 단단한 걸 후려치면 부러질 거 같기도 하고요. 예를 들면 방패라던가…."

사장이 발끈한 듯 목소리를 높였다.

"무슨 말도 안 되는 소리십니까? 검과 검이 맞부딪쳐서 일어나는 일이면 모를까, 방패를 후려쳐서 검을 부러트리는 건 불가능합니다. 당신보다 등급이 높은 5성, 아니, 6성 헌터가 와도 그건 안 됩니다."

"확신하십니까?"

"그럼요! 오크 전사의 검은 4성급 무기들 중 가장 비싼 편에 속합니다. 그 능력치와 특성이 뛰어난 것도 있지만, 전설이 있기 때문이죠."

"전설이요?"

"예, 전설이라고 하기는 좀 그렇지만, 몇 년 전에 실제로 있었던 일입니다. 과거에 5성급 헌터가 던전에서 오크 족장을 상대하는데, 이미 손에 든 무기가 다 망가진 상태였지요. 맨손으로 상대하는 건 무리였고요. 그래서 그전에 쓰러트린 오크 전사의 검으로 대적했습니다."

그는 입이 마르는 듯 침을 한 번 꿀꺽 삼킨 뒤에 말을 이었다.

"5성급 헌터가 사용하던 무기는 원래 7성급이었다고 합니다. 그런데 4성급 무기를 들고 싸우려고 하니 얼마나 암담했겠습니까? 그런데 그 헌터는 이 검으로 오크 족장의 전쟁망치를 몇 번이나 받아냈습니다. 그 만큼 이 검은 튼튼해요."

강해가 재미있다는 듯이 물었다.

"그래서 그 헌터는 이 검으로 오크 족장을 잡은 겁니까?"

"아니요, 그건 아니고… 그렇게 버티고 버티다가 먼저 탈출했던 헌터가 협회에 알려서 구조 받을 수 있었습니다. 어쨌든 그 만큼 오크 전사의 검은 튼튼하다는 거죠."

"그런가요… 그래도 전 그렇게 안 느껴지네요."

"아, 답답하시네. 절대 그렇지가 않다니까요? 이건 당신이 백 번, 천 번 휘둘러도 망가지지 않습니다. 당신이 한 번 휘두른다고 부러질 검이면 제가 팔지도 않아요. 진짜 그렇게 되면 이 가게에 있는 물건 중에 아무거나 마음대로 가져가십시오!"

강해가 씩 웃으며 물었다.

"그 말 진짜입니까?"

"예?"

"제가 이 검을 단번에 부러트리면 아무거나 주시는 거냐고요."

사장은 자신 있다는 듯이 웃으며 큰소리를 쳤다.

"암요, 할 수 있으면 해보십시오! 단, 부러트리지 못한 점에 대해선 보상해야 될 겁니다. 뭐든지 한 번 쓰는 순간 중고가 되는 거니까요."

"그러죠."

강해가 흔쾌히 응하자 사장은 재차 확인했다.

"제 말 똑바로 들은 거 맞습니까? 저걸 단번에 부러트리지 못하면, 손님이 사야 되는 거라고요. 적어도 중고가 된 거에 대한 보상을 해야 됩니다."

"알았다니까요, 얼른 해봅시다."

강해는 오크 전사의 검을 손에 쥔 채 가게 앞에 섰다. 그의 앞에는 4성급 방패인 '강화된 타워쉴드'가 놓여 있었다.

"얼른 해보쇼!"

사장이 의기양양하게 말했다.

강해는 미소를 한 번 지어 보이고는 검을 치켜들었다.

'격노.'

그는 분노와 피로 싸우는 광전사이다. 격노는 그의 실제 감정과 관계없이 분노를 끌어올렸고, 붉은 오라가 강해의 몸 주위로 넘실거렸다.

'그냥 내려치는 걸론 힘들지도?'

기회는 단 한 번뿐이기에 확실히 할 필요가 있었다.

'풀 브레이커.'

강해의 몸에서 흘러나오는 붉은 오라보다 더 많은 양이 검에서 넘실거렸다.

지켜보던 사장은 무언가 잘못됐다는 사실을 깨닫고 다급히 소리쳤다.

"이, 이봐요! 손님, 잠시만…."

NEO MODERN FANTASY STORY

6. 드론의 요청

6. 드론의 요청

그가 말을 마치기 전, 강해가 검을 크게 휘둘러 방패를 내리쳤다.

콰아아아아아아아아아아아앙—!

굉음과 함께 바닥이 부서지고, 일부분이 완전히 사라진 방패가 공중으로 튀어 올랐다. 그리고 부러진 검날이 바닥에 힘없이 떨어졌다.

사장의 커다래진 눈은 작아질 줄 몰랐고, 쩍 벌어진 입은 다물어질 줄 몰랐다.

강해는 미소를 머금은 채 손에 쥔 손잡이를 가볍게 흔들어 보였다.

"내기는 제가 이긴 거 같죠?"

❖

강해는 천천히 가게 안을 둘러봤고, 사장은 죽상이었다. 오크 전사의 검과 강화된 타워쉴드를 잃었고, 가게 앞의 부서진 바닥을 공사해야 됐으며, 지금 물건을 하나 더 뺏겨야 했다.

현재까지의 손해만 따져도 4,000만 원이 넘어갔으니, 울상을 지을 수밖에.

그는 땅이 꺼져라 한숨을 푹푹 내쉬었다.

강해는 그를 힐끗 보고는 피식 웃었다.

'내가 너무 심했나?'

사장이 자초한 일이긴 하지만, 조금은 불쌍하다는 생각도 들었다.

처음에는 아무거나 마음대로 가져가라는 말을 꼬투리 잡아 여러 개를 뜯어낼 생각이었지만, 무기만 하나 가져가기로 했다.

문제가 하나 있다면 마음에 드는 검이 하나도 없었다. 그나마 가장 튼튼하던 것이 오크 전사의 검이었는데, 그걸 부러트렸으니 딱히 쓸 만한 게 보이지 않았다.

'내 힘을 견딜 만한 무기는 몇 성이나 돼야 하려나….'

사장이 힘없는 목소리로 물었다.

"고르셨나요?"

"아직입니다."

"빨리 골라주시면 좋겠는데… 처리해야 될 게 많아서요."

"알겠습니다. 너무 재촉하시면 자꾸 비싼 것만 눈에 들어오니까 조용히 계세요."

사장은 곧바로 입을 다물고는 초조한 눈으로 강해를 바라보고 있었다.

강해가 무기를 보는 중에 사장이 무언가 생각났다는 듯이 목소리를 높였다.

"저기요! 손님, 손님!"

"예?"

"당신 정말 4성급입니까?"

"그렇습니다만?"

"4성급이 아니면 내기는 무효… 아니, 당신이 내기에 진 거 맞죠? 사기를 친 거니까요!"

"그렇다고 볼 수도 있겠죠."

사장은 휴대폰을 들이밀며 말했다.

"그럼 확인시켜주십시오."

강해는 그의 폰을 받아들고는 곧바로 자신을 조회해 4성급 헌터임을 확인시켜줬다.

이내 사장은 고개를 푹 숙이고 땅이 꺼져라 한숨을 내쉬었다.

여전히 마음에 드는 검이 없었다. 아니, 마음에 들고, 들지 않고, 그런 문제가 아니었다. 제대로 휘두를 수조차 없으니 가져가도 쓸모가 없었다.

되팔아서 돈을 버는 방법도 있긴 하지만, 굳이 그렇게까지 하고 싶지는 않았다.

'뭔가 쓸 만한 게….'

그때 그의 눈에 들어오는 것은 검이 아닌 다른 종류의 무기들이었다.

바로 둔기였다.

강해가 애용하던 무기는 대도(大刀)이지만, 그렇다고 다른 무기들을 사용하지 못하는 건 아니다. 단지 선호도의 차이일 뿐.

그는 당분간만이라도 힘을 견딜 수 있는 부서지지 않을 무기가 필요했고, 둔기가 제격이었다. 찌그러지긴 해도 웬만해서 부서질 일은 없으니까.

강해는 고르고 고르다 둔기 하나를 손에 쥐었다. 120cm에 다다르는 봉에 커다란 망치머리가 달려 있었는데, 한쪽은 둥글고 평평한 면, 반대편은 곡괭이처럼 끝이 좁고 삐죽했다.

[워해머]

근력 : +50 민첩성 : -20 체력 : -10

특성 : 형상기억합금

워해머는 힘을 50이나 올려주지만, 민첩성과 체력의 합을 30이나 깎아먹어 그리 좋은 장비로 볼 수는 없었다.

특히 그 무게가 100kg에 달해 특별히 힘이 뛰어난 헌터들이 아니라면 기피했다.

워해머를 충분히 휘두를 수 있는 능력치를 가지고 있더라도 민첩과 체력까지 줄어드니, 비효율적이었고.

그 형태 자체도 그랬다. 망치머리의 무게가 평평한 면으로 더 쏠려있어서 내려칠 때의 힘은 더 강력할지 모르지만, 다시 그것을 뽑아들거나 휘두를 땐 둔해질 수밖에 없었다.

특성 또한 찌그러졌을 때 원래 모양으로 되돌아오는 것, 그게 전부였다.

웬만해선 찌그러질 일도 없는 무기가 갖고 있는 특성이라기엔 너무나 불필요했다.

강해는 손에 쥔 워해머를 가볍게 흔들어 본 뒤, 사장에게로 시선을 옮겼다.

"이걸로 하죠."

"예? 그, 그게 정말입니까?"

"네, 이거면 됩니다."

"아, 고맙습니다."

사장은 자신도 모르게 본심을 말했다.

강해가 이미 부순 검과 방패에 도로 보수비만 수천인데, 또 수천만 원의 무기를 집어들 생각을 하고 좌절했던 터였다.

하지만 강해는 리커버리 세트처럼 좀처럼 팔리지 않는 애물단지를 골랐다.

"대신 이거 등에 차고 다닐 수 있게 좀 해줄래요?"

강해가 물었다.

사장은 고개를 빠르게 끄덕였다.

"예, 예. 그럼요, 물론이죠."

그는 빠르게 장비를 준비했다.

강해는 가게를 빠져나와 신기하다는 듯이 자꾸만 등으로 손을 가져가 워해머를 들었다 붙였다를 반복했다.

그는 등에 사선으로 띠 하나를 둘렀는데, 어떤 무기든 붙일 수 있는 고정대였다.

마나를 흘려보냄으로써 무기를 붙이고, 다시 마나를 주입하면 무기를 떼어낼 수 있다.

일종의 전자석이라 볼 수도 있었다. 쇠와 자석 대신 마석과 마석 그리고 몬스터를 이용한 것이지만.

재미있는 것은 강해는 분명 무기와 방패를 박살냈는데도 저렴한 것을 집었다는 이유로 사장에게 감사의 인사를 받았다.

'나중에 또 팔아주러 와야겠네.'

강해는 미소를 머금은 채 걸음을 옮겼다.

세상이 세상인 만큼 휴대폰이 필요했다. 최신 휴대폰도 강해에게는 전혀 부담이 안 되는 가격이었다.

그는 200만 원 상당의 최신 휴대폰을 구입했다. 사용법이 딱히 어렵지는 않았지만, 과거에 사용해봤던 것과는 차원이 달랐다.

기계 전체를 돌돌 말아서 보관할 수도 있었고, 터치 따위는 불가능하지만 자그마한 홀로그램도 지원했다.

간단한 절차를 걸친 뒤, 그 자리에서 개통을 했다. 그는 새로 구입한 무기를 시험하고 싶어 몸이 근질거렸고, 휴대폰을 사자마자 하는 것은 가까운 던전을 검색하는 일이었다.

하지만 실망감이 가득했다.

가까운 곳에 있는 던전들 대부분은 등급이 너무 낮거나, 다른 헌터들이 이미 들어선 상태였다.

게다가 강해는 이제 막 헌터로 등록했기에 4성 하급 중의 하급으로 간주, 4성급 던전들 중에서도 혼자서 들어설 수 있는 곳은 거의 없었다.

헌터 협회 측에서 우선권을 더 높은 등급의 헌터들이나 팀을 이룬 이들에게 주는 것이다.

'사냥 좀 해보려니까….'

그는 미간을 찡그린 채 휴대폰을 마구 터치하며 5성이고 6성이고 마구 진입 신청을 했다. 번번이 허가가 나지 않았지만.

잠시 고민하다가 든 생각.

'보상금 그거 얼마나 한다고, 그냥 아직 아무도 안 들어간 곳으로 가도 되잖아?'

하지만 그러다가도 보상금을 못 받는 게 아까웠다. 남들은 다 받는데, 자신만 공짜로 일하는 것 같아 영 내키지 않는다고나 할까.

강해는 이런저런 생각들을 하며 걸음을 옮기는데 사람들의 시선이 제법 꽂히는 게 느껴졌다. 원래도 덩치 때문에, 그리고 눈의 흉터 때문에 시선이 집중되는 편이긴 했다. 하지만 지금은 평소와 확실히 달랐다.

'무기 때문인가.'

그는 아랑곳 않고 걸음을 옮겼다.

'일단 밥이나 먹을까? 슬슬 배고프네.'

그때 익숙한 경보음이 가까워졌다.

삐잉, 삐잉! 삐잉—! 삐—잉—!

드론이었다. 원반 형태에 가까웠고, 웬만한 프라이팬보다 커다랬다. 그 만큼 경보음도 커서 귀를 시끄러웠고, 강해의 미간이 찡그려졌다.

'확 부숴버릴까보다….'

그가 워해머를 처음으로 휘두르는 대상을 드론으로 할까 고민하고 있을 때였다.

"마나 감지, 마나 감지, 신상정보 확인, 중."

드론이 강해의 앞에 멈췄다.

띠리릭.

"최강해, 4성 하급 헌터, 지원 요청, 지원 요청."

강해는 미간을 찡그리며 중얼거리듯 말했다.

"뭐라고 하는 거야……."

“320미터 거리, 4성 중급 던전 지원 필요, 진입 인원 여섯 중 한 명 탈출해서 지원 요청함, 현재 다섯 명 던전 내에서 전투 중, 지원 필요.”

드론에서 붉은빛이 깜빡거렸는데, 그 방향은 강해를 향했다.

“최강해 님, 요청을 받, 아, 들, 이, 시, 겠, 습, 니, 까? 현재 협회에도 알림, 도착까지 예상 소요시간 30분.”

강해는 미간을 찡그린 채 드론을 가만히 쳐다보고 있었다.

‘아니, 왜 남아서 버티는 거야? 못 당해낼 거 같으면 그냥 다 탈출하면 되는 거 아닌가?’

드론에서 다시 목소리가 흘러나왔다.

“최강해 님, 요청을 수, 락, 하, 시, 겠, 습, 니, 까?”

“내가 그걸 해서 얻는 이득이 뭐지?”

“위험한 사람은 구해야 합니다. 헌터의 의, 무.”

“난 구해야 될 사람만 구하는데.”

그는 은행강도들과 싸울 때도 일반인들을 구해내느라 필요 이상의 기술들을 사용했다. 기본적으로는 사람들을 보호한다.

하지만 헌터들에 대한 시선은 조금 달랐다. 특히 지금의 경우는 더욱 그랬다.

던전에 들어선 것은 자신들의 선택이기에 그에 대한 대가도 그들이 짊어져야 되는 것이라고 생각했다.

던전에서 빠져나온 놈을 막기 위해서 싸우고 있다거나, 범죄자에게 대항하는 상황이라면 모를까.

그들이 싼 똥은 스스로가 치워야 한다는 생각이었다. 어차피 조금만 더 버티면 협회에서 지원이 갈 것이기도 했고.

여기서 하나 더.

'아니, 못 당해낼 거 같으면 그냥 도망치는 게 맞잖아?'

강해는 그들이 마석과 전리품에 대한 욕심 때문에 도망치지 않고, 한 명만 나와서 지원요청을 한 거라 생각했다.

'도망친 헌터는 재물보단 목숨이 우선시하는 걸 수도 있고.'

그리고 여태까지 강해가 마주쳐온 헌터들의 탓도 있었다.

대부분 맞서 싸우거나, 스치는 인연이라도 그리 좋은 편은 아니었다.

그나마 나쁘지 않은 관계였던 건 협회 소속의 김우태 정도가 전부.

그가 마음을 접고 있을 때, 드론이 다시 재촉했다.

"최강해 님, 한시가 급합니다. 도움, 요청."

"별로 내키지 않아서 말이지. 다른 헌터를 찾아보는 게 나을 거 같은데? 어차피 협회에서 헌터들이 갈 거라며?"

"음성인식 중—"

띠리릭.

"해당 던전, 재구성까지 한 시간 예상, 현재 진입한 헌터들이 몬스터들 자극, 탈출해도 굶주린 몬스터들이 따라 나올 가능성 90퍼센트 이상."

"그게 무슨 말이야? 따라 나오다니?"

드론은 이와 관련된 내용들을 주르륵 늘어놓기 시작했다.

"던전 재구성 평균 시간 44시간, 던전과 몬스터에 따라 상이."

"현재 던전, 43시간, 경과."

"던전 재구성, 마나의 흐름 파악으로 감지 가능, 이는 몬스터들이 나올 것임을 의미."

"몬스터가 나오면 던전은 재구성."

"던전의 몬스터 모두 처리 시에도 던전 재구성."

몬스터들이 배고픔을 느끼고, 사냥을 위한 것 말고도 던전을 빠르게 나오는 경우는 자극을 받았을 때이다.

아직 배고픔을 느끼지 않은 몬스터들도 헌터들과 전투를 벌이면 던전에서 빠르게 나오는 경우가 있다.

이는 사냥 자체를 즐기거나 적개심을 가지는 등 이유는 다양한데, 몬스터에 따라 달라진다.

헌터를 보는 순간부터 던전을 빠져나가는 놈부터 맞붙기 전까진 움직이지 않는 놈, 왠지 모르게 배가 고파지는 놈, 조금 시간이 앞당겨지는 놈 등.

어떤 경우든 헌터가 던전에 진입하는 순간, 몬스터들이 빠져나오는 시간이 앞당겨지는 사실은 변치 않는다.

헌터들이 던전에 진입할 때 등급에 맞춰 제한하는 이유도 이 때문이었다.

굳이 제한하지 않아도 목숨이 달린 일이기에 대부분 헌터들은 힘겹더라도 자신들이 감당할 수 있는 던전에만 들어선다.

이따금씩 몬스터가 던전을 빠져나온 경우는 자신의 힘을 과신해 정식으로 진입 요청을 하지 않고 들어선 헌터들이 죽거나 도망쳤기 때문이 대부분이다.

한계가 정해지지 않고 수준의 차이가 큰 10성급의 경우는 이러한 일이 더욱 잦다.

낮은 등급이라 해도 지금처럼 사고가 일어나는 경우도 결코 적지 않지만.

띠리릭, 띠리릭, 띠리릭, 띠리릭.

드론은 무언가 계산하는 듯하더니 목소리를 냈다.

"4성 중급 던전, 보상금 명당 400만 원, 총 여섯 명, 2,400만 원 지급 예정."

그랬다. 던전의 보상금은 개인별로 주어진다. 혼자 들어간다고 더 많이 주지는 않지만, 여섯 명까지는 동일한 액수가 주어진다. 그 이상으로 숫자가 늘어나면 액수는 고정, 균등 분배된다.

즉, 보상금만 놓고 봤을 때는 여섯 명이서 던전을 진입할 때 가장 이상적이라 볼 수 있다.

삐릭, 삐리리리리리리리리리리릭.

"던전 재구성 임박, 더블, 총액 4,800만 원."

던전에 마나의 흐름이 변하고, 재구성이 임박했을 때는 몬스터들의 굶주림이 극에 다다르고 있기에 기본적으로 더 흉포하다.

기본적으로 헌터들은 던전에 진입하면 기척을 죽인다.

그들이 하는 것은 전투가 아니다.

사냥이다.

기습을 통해 가능한 피해를 입지 않고, 몬스터들을 죽이는 것이다.

하지만 던전의 재구성이 임박했을 때는 몬스터들의 예민함이 극에 다다라있기에 그러한 전략이 통하지 않는다.

또한 시간이 임박한 만큼 그때는 몬스터의 종류에 상관없이 실패를 하는 순간, 던전의 재구성으로 이어진다.

이는 곧 몬스터들이 던전을 빠져나옴을 뜻했다.

헌터 협회에서는 이러한 점들을 감안해 보상금을 두 배로 지급한다.

삐리릭, 띠릭, 띠리리릭.

"현재 진입 인원들 임무 실패, 보상금 지급 불가. 보상금은, 지원군."

삐릭, 삐리릭, 삐리리릭.

"던전을 처리하는 지원군에게 지급."

강해는 미간을 잔뜩 찡그렸다. 일단 드론의 요청을 받아들여야 하는 것은 분명했다.

현재 던전 안에 있는 헌터들이 전멸하거나 도망치면 몬스터들이 밖으로 나올 것이 확실했고, 일반인들이 피해를 입을 게 분명했으니까.

시작은 자신들의 이득을 위해서라지만, 기본적으로 몬스터를 사냥하는 행위는 곧 사람들을 지키는 것.

'게다가 자신들의 목숨을 걸고 몬스터들을 막아내고 있으니… 지금 싸우고 있는 헌터들은 꽤나 괜찮은 녀석들인 거 같네.'

강해가 목을 좌우로 까딱였다.

'그리고 혼자서 던전을 처리하면 4,800만 원이면 꽤 괜찮잖아? 바로 이사도 할 수 있겠어.'

뚜룩, 뚜루룩.

"최강해 님, 요청을, 수락, 하시겠습니까? 협회 측, 헌터들이, 도착, 전까지, 시간을 끌어주시면, 따로, 보상, 지급, 합, 니, 다."

"방향이 어디지?"

드론은 공중에서 빙그르 돌아 전방으로 붉은빛을 일직선

으로 내뿜었다.

“전방으로 직진, 180미터, 사거리에서 우회전, 140미터 입니다.”

강해는 씩 웃으며 말했다.

“협회 측 헌터들이 오기 전에 내가 처리하고, 보상금 4,800만 원을 내가 가진다.”

삐릭, 삐리리리릭.

“서둘러, 주십시오.”

드론에서 나오는 음성이 끊기는 순간이었다.

‘폭주기관차.’

하아아아아아아―

강해가 길게 숨을 내쉬었는데, 압력밥솥처럼 하얀 김을 뿜어냈다.

그의 호흡뿐만 아니라, 양쪽 귀에서도 하얀 김이 흘러나왔고, 전신은 붉게 물들어 열기를 뿜어내 아지랑이를 만들었다.

콰콰콰콰콰콰콰콰콰콰콰콰콰콰콰콰콰콰쾅!

그는 드론이 알려준 방향으로 내달리기 시작했는데, 발을 내디딜 때마다 도로의 일부분이 부서졌다.

콰지지지지지직!

강해는 순식간에 사거리에 다다랐고, 방향을 전환하며 드리프트를 하듯 몸을 틀었다.

왼발을 옆으로 쭉 빼며 길게 내디뎠는데, 그 순간 신고 있는 부츠가 순식간에 다 닳아서 맨발이 드러났다.

하지만 지금 신고 있는 것은 리커버리 부츠.

강해가 왼발을 들어 올렸다가 바닥에 내디디기를 반복하는 과정에서 재생돼 발을 감쌌다.

콰콰콰콰콰콰콰콰쾅!

그는 멈추지 않고 내달렸다.

눈앞에는 커다란 대리석들을 쌓아 올려 만든 듯한 던전의 입구가 보였다.

여느 던전처럼 그 가운데로는 푸른빛과 붉은빛이 뒤엉켜 휘몰아치고 있었다.

강해는 속도를 줄이지 않은 채 던전 입구를 꿰뚫듯이 안으로 들어섰다.

던전에 들어선 강해의 머릿속에 문구가 떠올랐다.

〈던전의 몬스터를 모두 물리치세요!〉

던전에서 달리 할 게 무엇이 있겠는가, 하고 생각할 때였다.

〈위험에 빠진 다른 헌터들을 구해내세요!〉

달리고 있는 강해의 미간에 옅은 주름이 생겼다.

'아무 이유 없이 떠오르는 건 아닐 텐데 말이지….'

던전 안쪽은 지난번과 달리, 드넓은 건물의 내부와 같은 모습이었다.

강해는 속도를 줄이지 않은 채 계속 내달렸고, 바닥에 널브러진 몬스터의 시체들이 눈에 들어왔다.

돌처럼 부서져 바닥에 널브러진 것들, 4성 하급 몬스터인

'가고일' 이었다.

박쥐 날개가 달린 악마를 형상화 한 듯한 모양에 돌과 같이 단단한 몸을 가진 놈이다.

악마를 형상화했다고 하지만, 얼굴 생김새 자체는 오크와 도마뱀을 섞어 놓은 듯했다.

"조금만 더 버텨!"

한 여자의 목소리가 들려왔다.

'저기 있구만.'

강해는 그대로 빠르게 내달렸다.

콰콰콰콰콰콰콰콰콰콰콰쾅!

앞쪽에는 남자 세 명과 여자 두 명이 몬스터들에게 맞서고 있었다.

그들을 포함해 앞쪽에 있는 몬스터들까지 전부 강해가 돌진하는 소리에 시선을 옮겼다.

"비켜—!"

강해가 크게 소리쳤다.

그에게서 뿜어져 나오는 마나의 양은 너무나 미약했다. 분명 기술을 쓰는 상태고, 이는 주문력에 영향을 크게 받으니 위력이 약하다고 생각했다.

하지만 다섯 명의 헌터들은 일제히 좌우로 벌어져 길을 텄다.

생물로서의 본능이었다. 강해의 기세에 눌려 길을 막아서는 안 된다고 생각한 것이다.

그보다 부딪치면 위험하다는 생각이 더 크긴 했지만.

강해는 그대로 몬스터들을 향해 돌진했는데, 그 숫자가 30이 넘었다.

놈들은 가고일과 비슷한 면모를 가졌으나, 분명히 달랐다.

커다란 몸집에 곱추처럼 등이 굽었는데도 불구하고 키가 2m 이상이었고, 두 날개는 없었으며, 빛깔은 황갈색이었다.

몬스터들은 두 눈에서 푸른빛을 뿜어내며 강해를 노려봤다.

놈들의 정체는 헤비 가고일, 일반 가고일과 같은 4성 하급이지만, 신체 조건과 그 특징이 달랐다.

'많구만. 그나저나 처음 보는 놈들인데? 무슨 몬스터지? 가고일이면 보통 날개가 달려 있어야….'

그렇게 생각하는 중 강해에게 몬스터들의 능력치가 보였다.

'어라?'

그는 눈을 가늘게 뜨고 놈들을 노려봤다.

[헤비 가고일]

특성 : 충격

몬스터에게서도 능력치는 확인할 수 있었다. 단지 그 이름과 특성만을 유추하는 게 전부였지만.

강해는 다른 것에 큰 신경을 쓰지 않았다. 그는 두 눈을 부릅뜨며 멈추지 않고 헤비 가고일들을 향해 돌진했다.

그때 뒤에서 한 여자가 목소리를 높였다.

"안 돼! 놈들하고 정면으로 맞붙는 건…."

그녀가 말을 마치기 전이었다.

'폭주기관차, 2단 기어.'

강해의 전신에서 희뿌연 연기가 뿜어져 나왔다.

콰콰콰콰콰콰, 쿠웅—!

그는 그대로, 안면을 내세워 정면에 있는 헤비 가고일의 가슴팍을 들이받았다. 양팔은 여전히 뛸 때처럼 흔들고 있었다.

쿵, 쿵쿵쿵쿵쿵쿵쿵, 쿠쿠쿵!

강해는 놈을 얼굴로 밀어붙이며 계속 내달렸는데, 뒤에 있던 헤비 가고일들도 연달아 뒤로 밀려났다.

"크오오오오오오옷—!"

콰콰콰콰콰콰콰콰콰콰콰아아아아앙—!

강해는 그대로 놈들을 밀어붙여 벽에 처박았는데, 하나하나 그대로 압사해 부서지는 것이 보였다.

후득, 후드드득.

헤비 가고일들은 산산조각이 나서 그 파편들이 여기저기로 튕겨져 나갔다. 놈들의 사체 사이에서 마석 하나가 허공으로 떠올랐다.

벽을 본 채로 멈춰 선 강해의 몸에서는 여전히 희뿌연 연기가 뿜어져 나오는 상태.

그는 천천히 다른 헤비 가고일들에게로 몸을 돌렸다.

강해는 이마에 긁힌 자국 정도를 제외하고는 아무런 상처도 입지 않았다.

입에서는 담배를 보루 채로 불을 붙여 피우는 것처럼 연기가 흘러나왔다.

다른 헌터들은 멍하니 서서 쳐다보고만 있었다. 그들은 그저 강해에 대한 의문을 품었다.

여태까지 알고 있던 상식을 파괴한 전투를 선보이고 있는 저 남자의 정체는 무엇인지 궁금할 뿐이었다.

그리고 모두가 안도했다.

몬스터들이 던전 밖으로 나갈 일은 없을 거 같다고, 우리는 살았다고….

헤비 가고일들이 약하다고 할 수는 없지만, 4성 하급 몬스터들 중 강한 것도 아니었다.

던전에 들어선 헌터들은 전부 무기로 검과 활, 창을 사용하는 이들이었다.

그들은 가고일까지는 상대할 수 있었지만, 그보다 몸이 더 튼튼한 헤비 가고일과는 상성이 좋지 않았던 것이다.

아직도 남은 헤비 가고일들은 스무 마리 이상.

놈들은 푸른 눈을 빛내면서 강해를 둘러쌌다.

키이이이이잉—!

헤비 가고일들의 입이 일제히 쩍 벌어졌고, 그 안쪽에서는 푸른빛이 둥글게 모여 휘몰아쳤다.

투투투투투투투투투투투투투투투퉁!

놈들의 기술인 충격파였다.

마나를 응축해 발사하는 단순한 기술이지만, 초당 2만 번에서 3만 번의 진동으로 충격을 가해 동급의 헌터들 기준으로는 특성이 방어에 특화돼있지 않으면 무사치 못하다.

푸른빛의 충격파들은 커졌다 작아졌다를 반복하며 강해에게 날아들었다.

'피의 장막.'

강해는 손바닥을 위로 보이고, 오른손을 쭉 뻗었다. 그러고는 가볍게 천장을 향해 손을 까딱였다.

퍼어어어어엉—!

피의 파도가 솟구치듯 강해의 앞으로 넓게 솟아올랐다.

퍼펑, 퍼퍼퍼펑, 퍼퍼펑, 퍼퍼퍼퍼퍼펑!

충격파들은 모조리 피의 장막에 막혀서는 사라졌다.

강해가 손을 내리자 피의 장막이 걷혔다.

다섯 명의 헌터들 중 한 남자가 나지막이 중얼거렸다.

"저 사람… 대체 정체가 뭐야? 우리 클랜장보다 강한 거 같아."

강해는 헤비 가고일들을 노려보며 자세를 살짝 낮췄다.

'폭주기관차, 3단….'

그는 기술을 쓰려다 멈추고, 폭주기관차를 아예 해제하며 다른 헌터들을 살폈다. 그들이 왜 놈들에게 고전했는지 알 수 있었다.

'상성이 맞지 않았겠지.'

상성을 깨부수기 위해서는 그를 압도하는 무언가가 필요하다. 혹은 자신의 능력을 다른 방식으로 활용해야 한다.

강해는 헤비 가고일들을 모든 면에서 압도한다. 그리고 등에 차고 있는 새로운 무기가 있다는 사실을 떠올렸다.

'그렇지….'

그는 워해머를 빼들며 씩 웃었다.

'상성마저도 압도할 무기까지 있다.'

헤비 가고일들이 일제히 달려들었다.

가장 앞장선 놈이 튀어 오르더니 양팔을 치켜들고, 입은 쩍 벌렸다. 충격파를 준비함과 동시에 양손으로 공격을 하려는 것이었다.

강해는 양손으로 워해머를 잡은 뒤, 머리 뒤에서부터 크게 휘둘러 날아든 놈을 노렸다.

콰아앙―!

골프를 치는 것처럼 경쾌한 스윙이었다.

쿵, 쿵, 쿵, 쿵.

헤비 가고일의 머리가 그대로 날아가 다른 놈에게 부딪치고는 천장에 부딪쳤다가 벽을 박은 뒤, 바닥에 떨어졌다.

강해가 씩 웃으며 평소보다 한 톤 높은 목소리로 말했다.

"사장님 나이스 샷—!"

투투투투퉁!

헤비 가고일 몇 마리가 충격파를 쐈다.

'격노, 투혼.'

강해의 분노게이지가 상승하고, 전신에서 붉은 아지랑이가 피어오르며 힘과 민첩성, 체력이 소폭 증가했다. 능력치로는 확인할 수 없지만, 본인 스스로의 기량은 확실히 뛰어올랐다.

'참격, 배쉬.'

그는 날아오는 충격파들을 향해 참격과 배쉬를 사용해 받아냈다.

떠더더더더더더더더더더더더덩!

하나의 충격파를 칠 때마다 약 5만 번 이상의 진동이 울렸다.

그 충격 자체도 적지 않을뿐더러, 엄청난 진동이 울리는 워해머를 계속 잡고 있는 것 자체가 진귀한 모습이었다.

강해는 4성 하급 몬스터의 기술 따위는 아무것도 통하지 않음을 근력 하나만으로 보여주고 있었다.

그 와중에 그의 관심사는 워해머였다.

'이 정도도 잘 버텨내는구만.'

헤비 가고일 하나가 입을 쩍 벌리고 충격파를 준비했다.

'비천격.'

강해가 워해머를 치켜들며 뛰어 올랐다.

콰아아아아아앙—!

단 한 방에 헤비 가고일은 산산조각이 났고, 워해머는 바닥을 내리찍었다.

충격파를 쏘려는 것은 막았지만, 강해는 다른 헤비 가고일들에게 완전히 둘러싸여 있었다.

놈들은 일제히 양손을 뻗거나, 오른손을 치켜들었다.

'폭주기관차.'

그의 전신에서는 붉은 아지랑이와 열기가 동시에 발산됐고, 증기를 뿜어내기 시작했다.

'매드 러쉬.'

강해가 워해머를 양손으로 꽉 쥐고 아래서부터 사선으로 크게 휘둘렀다.

콰아앙—!

헤비 가고일 머리 하나가 날아갔다.

강해의 근력은 워해머를 깃털처럼 다룰 만큼 강하다. 그럼에도 불구하고 양손으로 꽉 잡고 휘둘렀다.

매드 러쉬는 본래 눈앞의 적을 완전히 도륙을 낼 때까지 검을 휘두르는 기술이다.

본래도 휘두르는 속도를 더 빠르게 만드는데, 투혼과 폭주기관차가 더해져 효과는 배가됐다.

지금 강해는 평소대로 싸우고 있지 않았다.

그는 양손으로 워해머를 꽉 쥐고, 반드시 골프채를 휘두르는 것처럼, 7번 아이언으로 스윙을 하듯 공격했다.

콰앙! 콰앙! 콰앙! 콰앙! 콰앙! 콰앙!

그가 스윙을 할 때마다 헤비 가고일의 머리가 날아가거나, 몸통이 박살났다.

이따금씩 날아드는 손을 후려쳐 박살내기도 했다.

콰아아아아앙—!

강해의 스윙에 마지막 헤비 가고일의 머리가 산산조각 났다.

"사장님 나이스 샷—!"

그는 워해머를 휘두른 자세를 유지한 채 다른 헌터들에게로 고개를 돌렸다.

"박수 안 쳐요?"

구경만 하고 있던 다섯 명의 헌터들은 넋이 나간 표정으로 강해를 쳐다보고 있었다.

강해가 박수를 재촉하자 한 여자가 천천히 박수를 치기 시작했고, 나머지들도 잇달아 박수를 쳤다.

강해는 그제야 만족스러운 표정으로 자세를 풀고는, 워해머를 등에 착용했다.

그의 주변으로는 건물이 무너져 내리기라도 한 것처럼 돌무더기가 잔뜩 있었다.

전부 부서져서 죽은 헤비 가고일들의 사체였다.

강해가 죽인 놈들은 총 31마리였는데, 마석은 두 개밖에 나오지 않았다.

그는 오른쪽 눈썹을 들어 올리며 아쉬운 표정을 짓고는 마석들을 챙겼다.

다섯 명의 헌터들 중 단발머리에 강인한 인상의 30대 여자가 물었다.

"다, 당신… 대체 정체가 뭐예요?"

강해가 뭐라 대답하기도 전이었다. 그의 머릿속으로 한 문구가 떠올랐다.

〈위험에 빠진 헌터들 구출 성공! 보상이 지급됩니다.〉

강해는 일순 미간을 찡그리며 머릿속에 떠오른 문구에 집중했다. 아직 끝이 아니었다.

〈보상으로 능력치를 올릴 수 있는 포인트가 주어집니다. 본인 수준과 맞지 않은 던전이기에 포인트는 0.5만 주어집니다. 올릴 수 있는 능력치는 정신력과 주문력뿐입니다.〉

'애초에 다른 사람의 이름과 특성, 잠재력이 보이고, 능력치라는 기능 자체가 존재하는 것부터 이상하긴 하다만… 이건 너무한 거 아니야?'

[최강해]

나이 : ???

신장 : 186cm

체중 : 93kg

종족 : 인간

특성 : 버서커

근력 (???) 체력 (???) 민첩성 (???)

정신력 (14.5) 주문력 (16) 잠재력 (???)

그는 포인트를 정신력에 투자했다. 올리면서도 사실상 의미가 없다고 생각했지만.

포인트 자체가 워낙 작은 탓도 있었지만, 애초에 능력치의 대부분이 측정불가이고, 그는 워해머를 손에 들고 있어도 근력과 체력, 민첩성에 아무런 영향도 받지 않는다.

능력치는 본인 스스로 훈련과 전투를 통해 증가하는 것도 있지만, 던전에서 주어지는 특정 퀘스트를 해냈을 때 포인트가 주어지기도 한다.

강해는 던전을 처리하는 것 정도로는 퀘스트를 해내도 포인트를 얻을 수 없었지만, 다섯 명의 목숨을 구한 대가로 0.5포인트를 얻은 것이다.

그는 그러한 부분들을 전부 인지할 수 있었다.

'목숨 하나당 0.1포인트라는 거야?'

그의 입가에 쓴웃음이 머금어졌다.

만약 실제 능력치가 4성 하급 수준인 헌터가 4성 중급 던전에서 헌터 다섯 명을 구해냈다면 40포인트는 주어졌을 것이다.

40포인트는 적지 않은 수치고, 단번에 이러한 수치를 얻는 것은 불가능에 가깝지만.

이렇게 일종의 퀘스트가 주어지는 시스템은 지금 세계에서 굉장히 중요한 요소였다.

훈련과 전투만으로 채울 수 없는 부분마저 충족시킬 수도 있는 거니까.

하지만 강해에게는 큰 의미가 없었다.

'10성 던전을 돌면 좀 더 주려나?'

강해는 과거에 전투를 처음 치렀던 순간부터 지금까지 마나의 필요성을 느껴본 적이 없었다.

그는 피와 분노로 싸우는 버서커니까.

하지만 언제나 힘을 쓸 때면 마나가 조금은 드러난다. 이는 마나도 연관성이 아예 없다고 볼 수 있을지도 모른다.

'정신력과 주문력도 올릴 수 있다면… 올려두는 것도 괜찮겠지. 0.5씩 받아서는 1성급을 벗어나는 것도 몇 년 걸리겠지만.'

강해가 능력치와 퀘스트 등에 생각하고 있을 때였다.

단발머리 여자가 다가와 물었다.

"이봐요, 제 말 안 들려요?"

그녀는 이미 수차례 강해에게 말을 걸었다. 하지만 그는 다른 생각을 하느라 미처 듣지 못했다.

정확히는 듣지 않았다는 것이 맞지만.

필요 없다고 판단되는 건 무시하고, 자신의 관심사에만 집중한 것이다.

강해가 고개를 돌려 그녀와 두 눈을 마주쳤다.

[정영지]

특성 : 신체강화

잠재력 : 445

정영지가 물었다.

"당신 대체 정체가 뭐죠?"

다른 이들도 궁금하다는 눈빛을 보냈다.

강해는 눈에 힘을 풀고는 한쪽 입꼬리를 올리고 되물었다.

"내 정체를 물어보기 전에, 내 덕분에 살았으니 고맙다는 말부터 해야 되는 거 아닌가?"

그제야 정영지는 고개를 가볍게 꾸벅거렸다.

"아, 죄송합니다. 너무 갑작스런 일이라… 저희 쪽에서 일단 한 명이 나가서 지원을 요청하긴 했는데, 이렇게 누군가 빨리 올 줄은 몰랐거든요. 협회… 소속이신 건가요? 혼자 오신 거예요?"

"여러 명 올 필요는 없는 곳이니까요."

"그렇군요. 그래도 협회 측에서 지원을 보낼 때는 보통 조를 편성해서 빠르게…."

강해가 손을 내저으며 그녀의 말허리를 잘랐다.

"아아, 협회 소속은 아니고… 그냥 드론한테 요청 받고 온 겁니다."

"아… 그러시구나."

그때 머리가 짧고, 허리춤에 장검을 찬 남자가 대화에 끼어들었다.

"아무튼 신세졌습니다. 고맙습니다."

[김보겸]

특성 : 검술

잠재력 : 284

강해는 고개를 한 번 꾸벅이고는 다른 이들에게로 시선을 옮겼다.

20대 초반 정도로 보이는 여자는 양손을 앞으로 모으고 90도 인사를 했다.

[이희]

특성 : 궁술

잠재력 : 410

그 옆에 있던 20대 남자 역시 고개를 꾸벅이며 인사를 건넸다.

"감사합니다."

[김효종]

특성 : 창술

잠재력 : 380

강해는 그들을 바라보며 다소 지루하다는 듯한 표정을 지었다.

'특성들이 뭐 다 저러냐… 신체강화도 뻔하고….'

그들은 각자가 지닌 무기가 곧 특성이나 다름없었다.

무기술에 관련된 특성을 가진 이들 중에도 뛰어난 능력치를 가지고 10성에 다다른 이들도 분명히 존재한다.

하지만 다른 특성들에 비해 그 한계가 명확해 대부분이 낮은 등급에 머무는 경우가 많다.

강해는 마지막 남자에게로 시선을 옮겼다. 20대 중후반에 마른 체구였는데, 붉게 물들인 머리는 위로 올렸고 날카로운 눈매를 가지고 있었다.

[신주영]

특성 : 전기

잠재력 : 620

그는 다른 네 명의 헌터들과는 달랐다. 특성도 눈에 띄고, 잠재력도 높았다.

하지만 지금 이 순간 강해가 그를 다르게 느낀 것은 다른 부분에서였다.

신주영은 생명의 은인인 강해에게 고마움의 표시를 하지 않았다.

강해가 물었다.

"그쪽은 고마운 거 없어요?"

"고마울 게 뭐가 있습니까?"

신주영이 말을 툭 던졌다.

그의 한마디에 다른 헌터들은 당황스러운 기색을 감추지 못했다.

강해는 미간을 찡그리며 되물었다.

"무슨 뜻이지?"

"말이 짧네?"

"내가 그쪽보다 나이가 많아도 한참 많은 거 같고, 생명의 은인한테 그 따위로 행동하는 놈한테는 예의를 갖출 필요가 없다고 생각하거든."

NEO MODERN FANTASY STORY

7. 무자비

만렙 버서커

7. 무자비

신주영은 입술을 실룩거리며 되려 목소리를 높였다.

"당신이랑 나이 차이가 나면 얼마나 난다고? 그리고, 내가 뭐 틀린 말했어? 당신도 어차피 보상금이랑 전리품 때문에 도와준 거 아니야?"

강해는 미간을 찡그린 채 그에게로 터벅터벅 걸어갔다.

김효종이 끼어들어 인상을 구기며 말했다.

"당신 왜 그래? 뭐가 문제야? 우리 목숨을 구해주신 분인데, 그 따위로…."

신주영이 그의 말허리를 잘랐다.

"처음부터 끝까지 아무 도움도 안 됐던 새끼는 아가리 닥쳐."

"뭐? 당신 지금 뭐라고 했어?"

신주영은 인상을 잔뜩 찡그린 채 목소리를 높였다.

"내가 뭐 틀린 말했어? 다들 짜증나잖아! 목숨 걸고 버텼는데, 보상금은 중간에 끼어든 놈이 홀랑 가로채잖아!"

그는 강해와 눈을 똑바로 마주치며 말을 이었다.

"아까 내가 말을 좀 심하게 한 건 인정해! 고맙지! 당신 덕에 무사하니까! 그런데 그거 알아? 우리도 도망치려면 얼마든지 도망칠 수 있었어."

그는 몬스터들의 시체를 힐끗 쳐다본 뒤 다시 강해에게로 시선을 옮겼다.

"놈들이 던전에서 나가는 걸 막으려고, 사람들이 피해를 입지 않도록 하려고 버티느라 그런 거지."

강해는 미간을 찡그린 채 눈만 마주치고 있었다.

신주영이 말했다.

"좀 쉽게 가려고 4성 중급으로 골라서, 그것도 팀을 짜서 왔더니 가고일이 나오고 지랄이야, 지랄이…."

그도 나름대로 짜증이 날 이유가 있었다. 그는 이렇게 지원 요청으로 인해 보상금을 하나도 받지 못한 것이 벌써 네 번째였다. 그것도 4일 연속.

헌터들이 던전을 돌아야 하는 최우선적인 이유는 사람들의 안전을 위해서다.

하지만 대부분이 좀 더 강해지고, 돈을 벌기 위해서 던전에 진입한다. 신주영 역시 그러한 의도로 던전을 들어서는 헌터인데, 4일째 보상금을 못 받고 전리품도 챙기지 못했으니 화가 날 법도 했다.

전리품의 경우 지원을 받기 전에 처리한 몬스터에게서 나오는 것에 대한 권리는 이전에 있던 헌터들에게 있다.

하지만 그는 재수가 지지리도 없는지 4일간 땡전 한 푼 건질 수가 없었다.

그리고 지금 쌓이고 쌓인 짜증이 터진 것이다. 아니, 이전에도 딱히 고마움의 표시 따위는 하지 않았다.

단지 다른 이들은 그냥 무시하고 돌아갔고, 강해는 문제로 삼았을 뿐이다.

신주영은 4성 상급 헌터. 하지만 3일 연속 허탕을 치는 바람에 4성 중급 던전을 택했고, 인터넷을 통해 팀을 짜서 진입한 것이다.

아이러니하게도 사냥을 하던 여섯 명 모두와 상성이 맞지 않는 가고일이 나왔고.

그의 사정을 감안하더라도 지금의 언행이 용납될 수는 없다. 그저 그럴 만한 이유가 있었구나, 하고 참작하는 정도지.

신주영은 짜증 섞인 목소리를 높였다.

"목숨 걸고 가고일들을 그렇게 죽였는데 마석 하나 나오지 않고, 돌덩어리가 돈이 될 리도 없고. 그런데, 봐! 이 사람이 와서 잡으니까 마석도 나왔잖아!"

강해는 팔짱을 낀 채 고민하고 있었다. 이미 짜증은 치밀어 오를 대로 올랐다. 조금 전까지만 해도 기분이 좋았다.

오랜만에 제대로 된 헌터들을 마주했고, 그들을 구해냈다.

오랜만에 맛보는 영웅심리에 취해 다소 장난기 넘치는 행동도 연출했다.

워해머도 제법 사용감이 괜찮아 기분이 들떴다.

하지만 단번에 신주영의 불평이 기분을 망쳤다.

강해가 미간을 찡그리고 나지막이 물었다.

"그래서 뭘 어떻게 하면 좋겠는데?"

신주영은 선뜻 대답하지 못했다. 불평은 잔뜩 늘어놓았지만, 딱히 무언가를 바랄 입장도 아니었으니까.

지금과 같은 상황에 대해 불만은 있어도 특정한 무언가를 얻기 위해 목소리를 낸 것도 아니었다.

강해가 그와 두 눈을 똑바로 마주치며 말했다.

"내가 오지 않았으면 어떻게 됐을까?"

"……."

"공식적으로 내 등급은 4성 하급이거든? 그럼 협회 측에서 오기로 한 지원이 취소되지 않았겠지? 그런데 지금까지도 안 왔어. 너를 포함해서 전부 계속 몬스터들을 상대로 버틸 수 있었을까?"

신주영은 여전히 묵묵부답이었다.

강해가 말했다.

"난 그렇지 않다고 보거든. 도망칠 수 있었다고 했지? 진입 신청을 해놓고 처리하지 못해서 나가면? 몬스터들이 던전 밖으로 나가서 일반인들에게 피해를 입히면? 너희들은 아무 죄가 없을까?"

던전에 진입 신청을 하는 이유는 선점 효과이다. 먼저 들어가서 사냥을 하는 이들이 온전하게 이득을 취할 수 있도록 선착순으로 이뤄진다.

하지만 그에 따른 책임도 따른다. 애초에 자신의 등급에 맞지 않은 던전 진입 신청은 거절하는 이유도 일반인들에게 번질 수 있는 피해를 막기 위해서다.

신주영을 포함한 이들의 경우 참작이 된다. 본래 등급에 알맞거나 그보다 낮은 던전을 택했고, 팀까지 만들어서 사냥하려 했지만 운이 없어서 상성이 맞지 않았던 거니까.

그래도 책임을 완전히 면할 수는 없다.

고의적으로 몬스터들이 나오게 한 것이 아닌 이상 징역 등 큰 처벌을 받지는 않는다.

하지만 벌금 및 피해보상, 당분간 던전 출입에 제한이 가해질 수 있다.

던전을 아예 들어가지 못하게 하는 것은 아니지만, 자신의 등급보다 최소 1등급 이상 낮은 곳만 허용되는 등의 방식으로 제한이 생긴다.

헌터는 힘을 가졌고, 그 힘을 사용할 권리도 있다. 하지만 그에 상응하는 의무도 있는 것이다.

강해는 미간을 찡그린 채 목소리에 힘을 주어 말했다.

"나는 지금 여기 있는 사람들의 목숨을 구하는 동시에 미래도 구해준 거다. 내가 여기 옴으로써 잃을 수 있던 것들을 많이 지켰다고 생각되지 않아? 내 덕분에 말이야."

신주영은 불만에 가득 찬 표정으로 묵묵히 얘기를 듣고 있었다.

강해가 눈에 힘을 준 채 말했다.

"알아들었으면 감사하다고 말한 다음 썩 꺼져. 그리고 개소리 그만해라. 그러다 평생 말 못하게 되는 수가 있다."

신주영이 뭐라고 대답하기 전, 그는 다른 이들에게로 시선을 옮기며 말을 이었다.

"다들 더 이상 여기에 볼일 없지 않습니까? 이제 나가죠?"

나머지 헌터들은 다시 한 번 강해에게 감사의 인사를 전했다.

정영지가 조심스럽게 말했다.

"저기… 근데요."

강해가 그녀와 눈을 마주치며 고개를 가볍게 끄덕거렸다.

"말씀하세요."

그녀는 검지로 천장을 가리키며 어색한 미소를 지어 보였다.

"아직… 안 끝난 거 같은데요."

"네? 뭐가요?"

"던전이…"

강해는 그제야 알아차렸다는 듯 "아!" 하고 소리를 냈다.

현재 있는 곳은 던전의 끝자락이 아니었다. 진동도 없었다.

즉, 던전은 아직 재구성이 이뤄지지 않는 상태였고, 아직 몬스터가 남아 있다는 뜻이었다.

신주영이 검지를 세우며 목소리를 높였다.

"그렇지! 아직 던전의 처리가 끝난 건 아니야!"

강해는 미간을 찡그린 채 그를 쳐다봤다.

신주영이 웃음기 머금은 얼굴로 말했다.

"던전을 전부 처리하기 전까지는 보상금이 지급되지 않는다고. 나는 남은 놈들을 처리하겠어. 그럼 보상금도 나눠야 되는 거고."

김효종이 헛웃음을 치며 말했다.

"4성 상급이라고 했나?"

신주영이 그에게로 시선을 옮겼다.

"그래."

"네놈한테는 보상금이 지급되지 않아."

"뭐?"

"지원 요청을 한 시점에서 우리에게 지급되는 보상금은 취소다. 4일 연속 보상금을 못 받았다며? 그럼 알지 않아? 아니, 4성 상급이 돼서 그런 것도 모르나?"

강해는 팔짱을 낀 채 잠자코 들으며 상황을 지켜보고 있었다.

김효종은 신주영을 조롱하듯 말했다.

"하긴, 다른 헌터들이 매번 몬스터들을 없앴을 테니 보상금 얘기는 꺼내지도 못했을 테지. 지금은 어떻게 아직 안 끝났다니까 숟가락을 얹으려고 발악하는 거고. 네놈이 남은 몬스터들을 전부 죽여도 보상금은 지급되지 않아."

신주영은 인상을 구기고 있다가 다시 목소리를 높였다.

"상관없어! 앞으로 나오는 전리품은 내가 차지할 거야! 이대로는 못 간다!"

김효종은 그를 보고 질린다는 표정을 지으며 고개를 절레절레 저었다.

"답도 없는 새끼, 저렇게 멍청해서야… 지금까지 우리가 상대한 몬스터들이 뭐였는지 기억 안 나? 다 가고일 종류였다. 남은 몬스터도 그럴 거고. 네놈의 능력이 통할 거 같아? 병신…."

"뭐? 이 새끼가 죽고 싶어서 환장을 했나…."

신주영이 마나를 끌어올리며 두 눈을 희번덕거렸다. 그러고는 김효종을 향해 걸음을 내디뎠는데, 전신에서는 푸른빛 전기가 감돌았다.

그가 발을 내디딜 때마다 파직, 하고 스파크가 일어났다.

김효종은 긴장한 표정으로 창을 빼들었다.

김보겸은 일에 휘말리기 싫다는 듯이 뒤로 물러났다.

이희는 어찌할 바 모르며 발만 동동 굴렀고, 정영지는 "두 사람 다 멈춰."라며 입으로만 말리고 있었다.

던전 안에서 헌터들끼리 일어나는 싸움, 흔한 일이었다.

던전 내에서는 어떠한 통신장비나 촬영기기도 작동을 하지 않는다.

이곳에서는 어떠한 일을 벌여도 증거가 남지 않는다.

게다가 몬스터를 전부 처리해서 재구성이 시작되고, 던전이 완전히 사라지면 평생 시체도 찾지 못한다.

강해는 팔짱을 풀며 움직일 준비를 했다. 신주영이 김효종을 공격하는 순간 죽일 생각이었다.

명분이 생기길 기다리는 것이었다. 그리고 죽어 마땅한 놈이라면 자비를 베풀지 않는다.

'이 정도면 충분한가?'

사실 마음속으로는 이미 몇 번이고 두드려 패고 있었지만, 스스로를 억제하며 꾹 참았다. 과거의 실수 때문이었다.

다른 세계에 있을 때 강해는 버서커라는 자신의 특성에 휘둘려 눈만 마주쳐도 전투할 준비를 했고, 어깨만 부딪쳐도 곤죽을 만들었으며, 마음에 안 들면 죽였다.

그야말로 살육기계였다. 그러던 어느 날 길을 뛰어가던 어린 여자아이가 다리에 부딪쳤는데, 강해는 반사적으로 손을 치켜들었다.

그리고 어린아이와 두 눈이 마주쳤다. 맑은 두 눈을 본 순간 정신이 번쩍 들었고, 이건 아니라는 생각이 들었다.

그때부터 강해는 나름대로의 규칙을 가졌고, 좀 더 긍정적이고 낙천적이기 위해 노력했다.

그렇기에 단순히 힘 하나가 아니라, 그를 따르는 충신들도 생겼던 거였고.

강해의 신경이 곤두섰고, 신주영의 손짓 하나에도 예민하게 반응했다.

'어디… 두고 보자.'

긴장감이 고조되고 있던 순간이었다.

김효종은 창끝을 세우고 싸울 준비를 했다. 신주영은 오른손을 천천히 들어 올렸는데, 손끝에서 튀는 전기가 뒤엉키며 스파크가 튀었다.

강해는 신주영에게 시선을 고정한 채 자세를 살짝 낮췄다.

'죽여야겠… 어?'

그는 황급히 뒤로 시선을 옮겼다.

'뭔가 온다.'

그 생각을 하기가 무섭게 굉음이 빠르게 울리며 가까워졌다.

쾅쾅쾅쾅쾅쾅쾅쾅쾅쾅쾅쾅쾅쾅, 쿠우우우웅—!

키는 5m 이상에 거대한 몸집, 하늘색 보석처럼 빛나는 전신, 시커먼 두 눈, 퇴화해서 뿔처럼 솟아 있는 날개까지.

또 다른 가고일이었다.

[프리즘 가고일]

특성 : 거울

❖

프리즘 가고일은 강해의 코앞에 멈춰서는 기다랗고 굵은 양팔을 늘어트려 두 손을 바닥에 짚었다.

"구아아아아아아아아아아아아아악—!"

놈이 입을 쩍 벌리고 울부짖었다.

강해는 미간을 잔뜩 찡그린 채 양쪽 검지로 귀를 틀어막았다.

프리즘 가고일이 내지르는 괴성을 일반인이 강해처럼 직격으로 들었다면, 고막이 찢어지는 것은 물론, 뇌까지 손상을 입고 코피를 흘리며 쓰러졌을 것이다. 최소 뇌출혈, 일반적으로 죽는 것이 보통이다.

4성 중급 몬스터인 프리즘 가고일의 등장으로 상황은 자연스레 정리됐다. 모두의 시선은 놈에게로 쏠려 있었다.

강해를 제외한 다른 헌터들은 4성 하급인 가고일에게도 고전했고, 헤비 가고일도 잡지 못했다.

4성 중급은 프리즘 가고일을 당해낼 수 있을 리가 없었다.

이희와 김보겸은 놈을 보자마자 몸을 돌려 던전 밖을 향해 내달렸다.

프리즘 가고일이 주먹을 쥔 채 오른팔을 치켜들었다.

후웅—.

놈은 강해를 향해 주먹을 크게 휘둘렀다.

쿠우웅—!

강해가 왼팔을 몸에 딱 붙여 막아냈고, 조금도 밀려나지 않았다.

'제법 묵직하구만.'

그런데 이상한 점이 있었다. 프리즘 가고일이 마나를 잔뜩 끌어올렸었고, 분명 그걸 소모했다.

'주먹을 휘두른 것 말고는 뭐가 없는데? 일단 죽여야….'

강해가 오른손을 등 뒤로 가져가 워해머를 쥐는 순간이었다.

쾅, 쾅, 쾅, 쾅!

그의 뒤에서 굉음이 울렸다.

'뭐야?'

강해가 고개를 뒤로 돌렸다.

프리즘 가고일 한 마리가 더 있었고, 놈의 입에는 던전 밖으로 내달렸던 이희와 김보겸이 입에 물려 있었다.

강해는 현재 상황을 이해할 수 없었다.

'뭐지? 저쪽은 내가 지나온 길이잖아. 저런 놈이 숨을 곳은 없었어. 던전 밖에서 들어온 건가? 아니, 그럴 리가 없잖아. 대체 뭐가 어떻게 된….'

프리즘 가고일의 특성, 거울로 또 하나의 자신을 만드는 것이다.

강해는 워해머를 빼들며 앞에 있는 놈을 올려다봤다.

'본체부터 죽이면 되겠지.'

프리즘 가고일이 두 주먹을 치켜들었고, 강해도 워해머를 머리 위로 들어 올렸다.

'풀 브레이커.'

콰아아아아아아아앙—!

프리즘 가고일의 공격보다 강해의 기술이 더 빨랐다. 워해머는 놈의 왼발을 내리쳐 단번에 부쉈다.

하지만 그 공격이 놈의 분신에도 적용되지는 않았다.

또 하나의 놈, 말 그대로 프리즘 가고일은 처음부터 두 마리가 하나로 합쳐진 것이나 다름없었다.

발 하나가 부서진 놈은 한쪽 무릎을 바닥에 댄 채 다시 괴성을 질렀다.

그때 뒤에서 "아아악!"하고 김효종의 비명이 울렸다.

이어서 정영지의 날카로운 목소리가 울렸다.

"뭐하는 짓이야!"

강해는 고개를 뒤로 돌렸다.

신주영이 김효종을 감전시켜 쓰러트린 것이다.

쿠웅!

뒤쪽에 있는 프리즘 가고일이 주먹질을 했지만, 신주영은 가볍게 피해내고는 정영지의 옆으로 다가섰다.

정영지는 신주영이 공격할 것을 확신했고, 선제공격을 하기 위해 주먹을 치켜들었다. 하지만 신주영의 양손이 이미 그녀의 몸에 닿아 있었다.

'전격.'

파지지지지지지지지직!

정영지는 무엇을 해보기도 전에 정신을 잃고 쓰러졌다.

강해가 그들을 쳐다보고 있는 사이, 발 하나가 부서진 프리즘 가고일의 주먹이 머리 위로 날아들었다.

콰아아아앙—!

놈의 주먹은 강해의 머리를 내리쳤다. 하지만 그는 조금도 흐트러짐이 없었고, 무릎조차도 굽히지 않았다.

하지만 완전히 무방비한 상태로 맞아서 부상은 있었다. 강해의 머리에서부터 이마를 타고 피가 흘러내렸다.

그는 머리에 프리즘 가고일의 주먹을 얹은 상태로도 신주영에게 시선을 고정하고 있었다.

'저 새끼… 죽인다.'

신주영은 씩 웃어 보였다.

"다들 여기서 그냥 죽어라."

쿠우웅—!

프리즘 가고일이 주먹을 크게 휘둘렀지만, 신주영은 가볍게 피해냈다. 그는 특성상 가고일 종류의 몬스터를 죽일 수는 없지만, 죽지 않을 수도 있었다.

강해의 머리를 내리쳤던 프리즘 가고일이 다시 주먹을 치켜들었다.

강해의 시선은 여전히 프리즘 가고일에게 고정돼있었다.

'저놈부터 죽인다.'

프리즘 가고일이 주먹을 휘두르기 전, 강해는 신주영을 향해 튀어나갔다.

신주영은 입가에 미소를 머금은 채 맞받아칠 준비를 하고 있었다.

그때 프리즘 가고일의 입에 물려 있던 김보겸이 꿈틀거렸다. 흔들린 것이 아니라, 스스로 움직인 게 분명했다.

강해는 그곳에 시선을 고정했다. 이희 역시 고개를 들고 힘겹게 목소리를 내려 했지만, 입안에서 맴돌았다. 하지만 강해는 입 모양으로 알아들을 수 있었다.

살려주세요.

"제기랄!"

강해는 아직 숨이 붙어 있는 두 사람을 구하기 위해 움직였다.

그들을 입에 물고 있는 프리즘 가고일부터 처리해야 되기도 했다.

물려 있는 두 사람뿐만 아니라, 신주영에게 당해서 쓰러진 이들도 밟히거나 잡아먹힐 가능성이 높았으니까.

'폭주기관차, 리프.'

그는 몸에서 열기를 뿜어내는 동시에 워해머를 손에 꽉 쥔 채 뛰어올랐다.

강해는 그대로 워해머를 뒤로 크게 당겼는데, 그 순간 두 눈이 붉게 번쩍이며 전신에서는 증기가 뿜어져 나왔다.

'폭주기관차, 기어 3단.'

퍼어어엉!

강해의 오른팔에서 붉은빛의 폭발이 일어났다. 그는 폭발로 일어난 충격을 이용해 그대로 워해머를 집어던졌다.

콰아아아앙—!

워해머는 그대로 날아가 이희와 김보겸을 입에 물고 있는 프리즘 가고일의 안면에 적중했는데, 놈의 코를 경계선으로 위쪽 얼굴이 그대로 사라졌다.

쿠우웅—!

머리가 날아간 프리즘 가고일은 즉사해 쓰러졌고, 입에 물려 있던 두 사람도 바닥으로 굴러 떨어졌다.

그들은 부상이 심하고, 최대한 빨리 치료가 필요했지만 당장 숨이 끊어질 위기에 놓인 것까지는 아니었다.

네 명의 헌터 모두 움직일 수 없는 상태.

남은 적은 발등이 부서진 프리즘 가고일 그리고 신주영.

강해가 던전에 들어선 순간부터 지금까지, 모두의 목숨이 그에게 달려 있었다.

'놈부터….'

그가 고개를 뒤로 돌린 순간이었다.

프리즘 가고일은 괴성을 지르며 두 주먹을 높이 치켜들었다.

그리고 오른쪽에는 마나를 잔뜩 끌어올린 신주영이 미소를 머금은 얼굴로 양손을 뻗고 있었는데, 전신에는 푸른빛 전기가 파팍, 파팍, 하고 소리를 내며 튀었다.

'전격, 최대출력.'

파지지지지지지지지지지징! 퍼펑! 퍼퍼퍼퍼펑!

푸른빛의 전기가 강해를 감전시키며 폭발을 일으켰다.

그리고 위로는 마치 같은 편이라도 된 것처럼 타이밍을 맞춰 프리즘 가고일이 두 주먹을 휘둘렀다.

'피 폭발.'

텅, 콰콰콰콰콰콰콰콰콰쾅!

프리즘 가고일의 양팔이 피 폭발에 휘말려 부서졌다. 놈은 고통스러운 듯 "구아아아아악!"하고 괴성을 지르며 뒤로 절뚝거리며 물러섰다.

피 폭발이 걷힌 뒤, 강해의 모습이 드러났다. 그는 이를 드러낸 채 웃고 있었지만, 미간은 잔뜩 찡그려져 있었으며 두 눈에서는 강렬한 붉은빛이 흘러 나왔다.

'폭주.'

강해가 신주영을 향해 고개를 돌렸다.

신주영은 당황을 금치 않을 수 없었다. 강해는 분명 마나의 양이 낮았고, 가고일들을 쓰러트린 것은 단지 힘과 민첩성이 좋은 편인데다가 상성이 좋아서 가능한 거라 생각했다.

이 던전에서만 상성 때문에 힘을 쓰지 못했을 뿐, 4성 상급인 본인이 더 강하다고 확신했다.

하지만 강해는 아무런 타격도 입지 않은 듯했다.

"크아아아아아아아—!"

강해가 괴성을 질렀는데, 그 울림이 프리즘 가고일의 목소리보다 컸다.

그는 그대로 신주영을 향해 돌진했다.

'이런 미친.'

신주영은 황급히 다시 마나를 끌어올려서는 양손을 뻗었다.

'일렉트릭 쉴드, 최대출력.'

치이이이이이이잉! 파직, 파지직! 파치지직!

신주영의 주위로 푸른빛의 전기 방어막이 생겨났다.

"네놈이라도 이건…."

그가 말을 마치기 전이었다.

강해는 아무런 망설임도 없이 전기 방어막을 향해 손을 뻗었다.

파징! 파치칭! 퍼펑! 퍼퍼퍼펑!

그의 손이 닿는 순간 격렬한 폭발이 일어났다.

"병신아! 내가 말했…."

신주영이 말을 마치기 전이었다.

치이잉, 하는 소리와 함께 일렉트릭 쉴드가 사라졌다.

턱.

강해가 오른손으로 그의 멱살을 휘어잡았다.

콰콰콰콰!

"구와아아아아아악!"

프리즘 가고일이 괴성을 질렀다.

강해는 오른손으로 신주영의 멱살을 잡은 채 놈을 쳐다봤다.

신주영은 인상을 구긴 채 양손을 들어 올렸다.

'스턴 건틀렛.'

그의 양손에 푸른빛의 전기 장갑이 씌워졌다. 그는 곧바로 두 주먹을 꽉 쥐고는 무차별로 휘둘렀다.

치잉! 펑! 퍼퍼퍼펑! 치치칭!

주먹을 휘두를 때마다 전기충격을 주는 것이었는데, 강해는 신주영을 쳐다보지도 않았다. 그리고 이내 잡아 끌었다.

신주영이 다급히 소리쳤다.

"어이, 어이, 잠깐…."

후웅—!

강해는 그의 멱살을 잡고 프리즘 가고일을 향해 던져버렸다.

콰아앙!

날아간 신주영은 가고일의 안면에 부딪쳤다.

"커헉!"

발등이 부서져 있는 프리즘 가고일은 균형을 잃어 뒤로 넘어졌고, 신주영은 튕겨져 나왔다.

"크윽…."

그는 그제야 무언가 잘못됐음을 깨달았다.

'왜 하필 이런… 처음부터 그냥 도망쳤어야….'

그가 아직 바닥으로 떨어지기 전이었다.

'어?'

턱.

신주영의 몸이 뒤로 빨려 들어가듯이 다시 떠올랐다. 그는 화들짝 놀라 뒤로 고개를 돌렸다.

공중으로 뛰어오른 강해가 그의 발목을 움켜쥔 것이었다.

'어? 어?'

강해는 그대로 쓰러진 프리즘 가고일을 향해 날아들고 있었다.

"이봐, 잠깐… 잠깐, 잠깐만!"

신주영이 다급히 목소리를 높였다.

강해는 프리즘 가고일의 가슴팍을 노리며 신주영의 발목을 잡고 패대기를 치듯 크게 휘둘렀다.

후웅―!

신주영은 아무런 반항도 못하고 만세를 하듯 양팔을 늘어트린 채 휘둘러졌다.

쩌억―!

신주영은 프리즘 가고일의 가슴 중앙에 안면부터 처박혔다. 그 사이로는 피가 뿜어져 나와 넓게 번졌다.

"끄으으…."

그는 단번에 고통에 찬 신음을 짧게 내뱉었다.

지이익.

강해가 발목을 살짝 끌어당겼는데, 프리즘 가고일의 가슴 중앙이 살짝 부서져 있었다.

"흐, 흐만… 헤가 잘모해서…." (그, 그만… 내가 잘못했어…)

신주영은 앞니가 깨지고, 입술이 터져 발음이 샜다.

후웅—!

강해가 다시 그를 거칠게 휘두르듯 위로 치켜들었다.

"구아아아아아아아악—!"

프리즘 가고일이 괴성을 지르며 상체를 일으키려 했는데, 강해가 두 눈을 번뜩이며 오른발을 들어 올렸다.

'레이지 스탬프.'

강해의 발에서는 붉은 기운이 순간적으로 폭발하듯 번졌다.

콰아아아앙—!

NEO MODERN FANTASY STORY

8. 목적

만렙 버서커

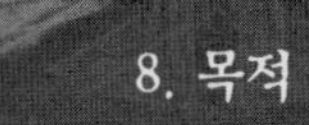

8. 목적

그가 놈의 가슴 중앙을 짓밟자 등이 바닥에 붙었다. 발을 뗐을 때는 가슴 중앙이 소복이 쌓인 눈을 밟고 지나간 것처럼 움푹 파여 있었다.

'전격.'

치지직!

신주영이 양손을 뻗어 감전을 시켰다.

강해가 천천히 고개를 뒤로 돌렸다.

붉게 빛나는 눈에서 풍겨 나오는 섬뜩함에 신주영은 자신도 모르게 "흐극."하고 소리를 냈다.

신주영은 눈물을 보이고 말았다. 자신의 오만과 힘에 대한 과신 그리고 배은망덕함이 불러온 결과였다. 그리고 그 참극은 이제 서막에 불과했다.

강해는 아랑곳 천천히 다시 몸을 돌려 걸음을 내디뎠다.

콰지직!

"끄어어어어!"

강해가 신주영의 발목을 으스러트렸다.

그리고 그를 프리즘 가고일의 안면을 향해 휘둘렀다.

쾅! 콰앙! 빡! 쩌억! 콰직! 빡! 빡!

몇 번 휘둘렀을 때 프리즘 가고일의 안면 대부분이 부서져 있었고, 신주영은 피떡이 돼서 축 늘어졌다.

강해가 웃음 섞인 목소리를 냈다.

"제법 튼튼하지 않은가!"

신주영은 4성 상급 중에서도 의외로 체력이 뛰어난 헌터였다.

그의 신체능력 수치는 근력 (320), 체력 (610), 민첩성(410), 정신력(380), 주문력(500), 잠재력(620).

근력이나 정신력은 3성 헌터 수준이지만, 주문력은 5성, 체력은 6성에 다다른다. 덕분에 항상 생존율도 높은 편이고, 4성 상급 중에서도 상성에 따라서는 압도적이었다.

하지만 낮은 근력 때문에 전기가 통하지 않는 적에게 약한 모습을 보이고, 정신력 또한 주문력에 비해 낮아 장시간 전투가 불가능하다.

어차피 강해에게는 모든 것이 통하지 않지만.

"사… 사혀혀…." (사… 살려줘….)

신주영은 아직도 숨이 붙어 있었고, 입안은 다 터져 혀조차 너덜거렸다.

강해의 두 눈은 여전히 붉게 번쩍거렸고, 양쪽 입꼬리가 길게 올라갔다.

"내가 죽이려고 했으면 넌 진작 죽었다."

그가 신주영을 무차별로 휘두르는 것처럼 보였지만, 어느 정도 힘 조절을 하고 있었다.

"너 같은 놈이 편하게 죽으면 안 되지."

강해가 다시 움직이려 하자 신주영이 다급히 소리쳤다.

"하해! 흐하해! 하혀…." (안 돼! 그만해! 살려…)

그가 말을 마치기 전, 강해는 물에 젖은 수건을 다루듯 신주영을 프리즘 가고일의 안면에 대고 휘둘렀다.

쾅! 쾅쾅쾅쾅쾅쾅쾅쾅쾅쾅쾅쾅!

프리즘 가고일이 죽고 마석 하나가 둥실 떠올랐으며, 그와 동시에 던전은 진동이 울리기 시작했다.

재구성이 시작됨을 알리는 신호였다.

신주영은 축 늘어져서는 움직임이 없었지만, 그의 발목을 움켜쥐고 있는 강해는 알 수 있었다.

'아직도 숨이 붙어 있구만.'

그가 마지막으로 죽이기 위해 휘두르려 할 때였다.

"멈춰—!"

한 여자의 목소리가 날카롭게 울렸다.

강해는 왼손으로 공중에 떠 있는 마석을 챙겨 주머니에 넣고, 오른손으로는 여전히 신주영의 발목을 움켜쥔 채 고개를 돌렸다.

익숙한 얼굴이었다.

소리를 지른 여자는 은행에서 마주쳤던 협회 소속 헌터 이은미였다.

그리고 옆에는 그의 선배 박종팔과 20대 초반에 졸린 눈에 볼이 통통한 남자 하나가 더 있었다.

[이은미]

특성 : 펜싱

잠재력 : 201

[박종팔]

특성 : 복싱

잠재력 : 404

[이동우]

특성 : 경화

잠재력 : 88

박종팔은 강해를 보자마자 인상을 찡그리며 이은미에게로 시선을 옮겼다.

"넌 돌아가."

이은미가 목소리를 높였다.

"선배, 그게 무슨 말이에요?"

"너 지금 징계 중인 거 몰라? 애초에 여기는 왜 따라와?"

옆에 있던 이동우가 말했다.

"아까 박 팀장님이 지원 요청 들어왔다고, 급한 대로 데려간다고 하셨는데요. 상부에는 비밀로 하고요."

"시끄러워, 임마!"

박종팔은 이은미에게로 시선을 옮기며 말을 이었다.

"아무튼 얼른 돌아가! 여기 몬스터 다 죽었잖아! 넌 더 이상…."

이은미는 강해에게로 시선을 고정한 채 말했다.

"웃기지 마요. 저놈 지금 봐요. 내가 이럴 줄 알았어. 살인마라고요, 살인마. 저런 걸 두고 어떻게 그냥 가요? 그리고 상황이 이렇게 됐는데, 징계 처분도 취소돼야 하는 거 아니에요?"

강해는 여전히 두 눈을 번득이며 고개를 좌우로 까딱거렸다.

이동우가 물었다.

"어떻게… 할까요? 칠까요?"

박종팔이 말했다.

"다들 기다려. 전후사정을 파악해야…."

그가 말을 마치기 전이었다. 졸린 것처럼 보였던 이동우가 눈을 크게 뜨며 다급히 소리쳤다.

"어… 어? 저거! 저거…."

강해가 신주영을 위로 털어내듯이 팔을 들어 올렸다.

'풀 브레이커.'

콰아아아아아아아아아아아아아앙—!

푸숴—!

그는 신주영을 바닥에 내리쳤는데, 붉은빛과 함께 시뻘건 피가 사방으로 넓게 퍼졌다.

시체조차 남지 않았다. 뼛조각 몇 개와 살점 조금 외에는 완전히 터져 형체조차 알아볼 수 없었다. 그나마 멀쩡하게 남은 거라곤 강해가 아직 손에 쥐고 있는 발목뿐이었다.

이은미와 박종팔, 이동우는 두 눈을 크게 뜬 채 입을 다물지 못했다.

"우웨에에에에엑—!"

그때 바닥에 널브러져 있던 이희가 정신을 차렸었는데, 강해가 신주영을 죽이는 모습을 보고 구토를 해댔다.

그것이 헌터로서의 마지막이었다. 그녀는 깊은 트라우마로 인해 다시는 헌터로 활동할 수 없었다.

강해는 손에 쥐고 있던 신주영의 발목을 이은미 앞으로 툭 던졌다.

발목은 바닥을 데굴데굴 굴러가 이은미의 발끝에 톡 부딪쳤다.

이은미는 자신의 발에 닿은 채 멈춘 신주영의 발목을 내려다보며 얼굴에 경련을 일으켰다.

강해는 폭주 모드를 해제한 뒤, 가벼운 한숨을 내뱉고는 말했다.

"또 보네?"

"이 새끼가아아아아아—!"

이은미가 가늘고 기다란 검을 빼들며 돌진했다.

'대쉬.'

펑!

그녀는 바닥을 박차 바람처럼 이동해서는 순식간에 강해의 앞으로 다가갔다.

그녀는 돌진함과 동시에 오른발을 내딛고, 왼발은 뒤로 쭉 뺐으며, 오른손에 쥔 검은 강해의 심장을 겨누고 있었다.

'하트 피어스.'

이은미가 그대로 검을 힘껏 내질렀는데, 푸른빛의 마나가 파동을 일으켰다.

턱, 터텅—!

'어?'

그녀가 정신을 차렸을 때는 뺨이 바닥에 닿아 있었다.

이은미가 검을 제대로 찌르기도 전에 강해가 오른손으로 검의 손잡이를 움켜쥐었다.

그러고는 왼쪽 손바닥으로 그녀의 안면을 잡은 채 쓰러트려 제압한 것이다.

이은미는 반격을 하려 했지만, 꼼짝도 할 수 없었다.

"크윽!"

강해는 그녀를 짓눌러 놓은 채 얼굴을 들이밀고 나지막이 말했다.

"두 번은 안 봐줘."

어느새 강해의 두 눈에서 붉은빛은 사라져 있었다.

그는 이은미의 얼굴에서 손을 떼며 상체를 세웠다.

그러고는 왼발로 검을 쥐고 있는 그녀의 오른쪽 손목을 밟아서 고정했다.

'레이지 스탬프.'

그가 붉게 빛나는 오른발을 들어 올렸다.

이은미는 황급히 왼쪽 주먹으로 강해의 왼쪽 다리를 마구 때렸지만 아무 소용도 없었다.

박종팔과 이동우는 황급히 움직였지만, 강해를 막기에는 거리가 멀었다.

이은미는 두 눈을 질끈 감고 말았다.

콰앙!

'어?'

그녀가 천천히 눈을 떴다.

강해의 오른발은 이은미의 신체가 아니라, 손에 쥐고 있는 검날을 밟아 부서트렸다.

그는 한 걸음 뒤로 물러나며 말했다.

"왜 이렇게 앞뒤 못 가리고 덤벼들어?"

그가 조롱하듯 한쪽 입꼬리를 올리고 말을 이었다.

"힘도 없으면서 앞뒤 사정 확인도 안 하고 그렇게 덤벼들어서 뭘 어쩌겠다는 거지? 힘없는 정의는 무능하다."

강해는 이은미를 하찮다는 듯이 내려다봤다.

"애초에 네가 하려던 행위는 정의에 속하지도 않지만. 공무를 집행한다는 사람이 그렇게 감정에 휘둘려 꽁지에 불붙은 망아지마냥 날뛰어서야…."

박종팔과 이동우는 강해를 주시하며 서 있었다.

이은미는 자리에서 일어나 분하다는 듯이 아랫입술을 깨물고 도끼눈을 떴다. 강해는 그녀에게로 천천히 다가갔다.

"아직도 정신을 못 차렸네."

이은미가 앙칼진 목소리를 높였다.

"시끄러워! 살인마 새…."

그녀가 말을 마치기 전이었다.

'투혼, 레이지 임팩트, 로우킥.'

강해의 전신에서 붉은 아지랑이가 피어올랐다. 그가 오른발을 뒤로 뺐을 때 붉은 기운은 다리 뒤쪽으로 쏠렸다.

퍼엉!

그는 오른발 뒤쪽으로 레이지 임팩트를 터트려 추진력을 가한 채로 이은미의 왼쪽 무릎 옆에 로우킥을 날렸다.

콰지지직!

걷어찬 것은 왼쪽 다리지만, 폭발적인 힘으로 두 다리를 동시에 부러트렸다.

"아아아아아아아아악—!"

이은미는 두 다리가 부서지며 무너지듯 쓰러져서는 비명을 질러댔다.

“의도 자체가 그리 나쁘진 않으니 죽이지는 않겠다만, 그렇다고 가만 놔둘 수도 없지. 넌 나랏일하기에는 영….”

그가 말을 마치기 전이었다.

“그만둬—!”

박종팔이 소리쳤다.

강해의 옆으로는 이동우가 달려들고 있었다.

‘경화, 강타.’

이동우는 안면을 노리고 황갈색을 머금은 오른쪽 주먹을 내질렀다.

‘배쉬.’

강해는 똑같이 오른쪽 주먹을 휘둘러 맞받아쳤다.

두 주먹이 부딪치며 빼억, 하고 무언가 부서지는 소리가 울렸다.

“크윽!”

이동우는 충격에 의해 뒤로 쭉 밀려나서는 인상을 구겼다. 그의 오른쪽 주먹에서 살갗이 후드득 떨어졌는데, 하나하나가 돌처럼 묵직했다.

그는 특성 경화를 이용해 피부 표면을 황갈색 돌처럼 만들 수 있었다.

강해는 그를 흥미롭다는 듯이 쳐다봤다.

“재밌는데?”

특성뿐만이 아니었다. 이동우는 나이도 젊고 잠재력은 고작 88밖에 안 되지만, 박종팔이나 이은미보다 강했다.

강해가 미소를 머금은 채 손을 까딱이며 말했다.

"다시 덤벼봐. 아, 그리고 이건 정당방위인 거 알지? 협회 소속이라고 법을 달리 적용받지는 않을 거 아냐?"

그는 두 눈을 번뜩이며 말을 이었다.

"그런데… 이제 길게 놀아줄 거란 생각은 하지 마라. 지금부터는 죽이거나 죽는다는 생각으로 덤벼라…."

강해가 던전을 들어선 순간부터 지금 이 순간까지 모두의 목숨이 그의 손에 달려 있었다.

그것은 구출된 헌터들뿐만 아니라 몬스터들 역시 마찬가지였고, 지금 눈앞에 있는 이들 역시 포함됐다.

이동우는 이를 악물고 두 주먹을 꽉 쥐었다.

'돌비늘.'

그가 다시 덤벼들려 할 때 박종팔이 끼어들었다.

"멈춰!"

"네? 하지만…."

"멈추라면 멈춰."

박종팔은 굳은 표정으로 이은미를 힐끗 쳐다봤다. 그녀는 고통 때문에 식은땀을 줄줄 흘리며 꼼짝도 하지 못했다.

박종팔이 강해에게로 시선을 옮기고 말했다.

"지금 상황에 대해서 정확히 설명을 해주셔야 될 것 같습니다."

이동우가 소리쳤다.

"듣길 뭘 듣습니까? 팀장님, 저런 놈은…."

박종팔은 두 눈을 치켜뜨며 그의 말허리를 끊었다.

"닥치고 있어."

이동우는 곧바로 입을 다물었다.

"어떻게 된 겁니까?"

박종팔이 강해를 보며 물었다.

그때 드드드드드, 하고 진동이 울렸다.

강해는 팔짱을 끼고 천장을 힐끗 쳐다본 뒤 말했다.

"당신들 협회 소속 헌터잖아. 이 지원 요청을 받고 이곳에 온 거 아니야? 그럼 부상자들부터 구하는 게 먼저라고 생각되는데?"

박종팔은 아차 싶었던 듯 표정을 굳히고는 쓰러진 헌터들을 쳐다봤다. 그는 곧바로 발걸음을 떼며 이동우에게로 시선을 옮겼다.

"부상자들부터 챙겨."

"하지만 저 남자는…."

그때 강해는 이미 정영지와 김효종을 양쪽 어깨에 걸치고 있었다.

"일단 나가지?"

❖

박종팔은 이희와 김보겸을 챙겼고, 이동우는 두 다리가 부서진 이은미를 안아 들었다.

모두 던전 밖으로 걸음을 옮기는 중이었다.

이동우가 걸음을 뗄 때마다 이은미는 다리의 통증을 호소했다. 그는 강해를 향해 눈을 흘기며 말했다.

"당신… 이 일에 대해서 책임져야 할 거야."

강해는 소리 없이 웃어 보이는 것으로 대답을 대신했다.

❖

던전의 입구, 협회 측에서는 만일을 대비해 구급차 두 대를 대기시켜놓은 상태였다.

하지만 한 번에 모두를 실어 나를 수는 없었다.

그나마 큼지막한 구급차라 한 대당 두 명은 가능했다.

가장 먼저 눕혀진 것은 부상 정도가 심한 이희와 김보겸 그리고 이은미였다.

강해가 피식 웃으며 말했다.

"구하러 왔다가 제일 크게 다쳐서 가네."

이동우가 "이 새끼가!"하고 소리치며 주먹을 치켜드는 순간, 박종팔이 앞을 막아섰다.

그는 “가만히 있어.”라고 나지막이 말한 뒤, 강해에게로 시선을 옮겼다.

“그런 언행은 삼가주시는 게 좋을 것 같습니다만….”

강해는 입가에 미소를 머금었지만, 미간은 잔뜩 찡그린 채 말했다.

“죽이지 않은 것만으로도 고맙게 생각해.”

이은미의 부상은 심각했다. 두 다리가 완전히 부서졌는데, 특히 왼쪽 무릎 관절의 일부분이 완전히 사라졌다.

강인한 육체를 지닌 헌터라지만, 인공관절을 끼워 넣는다고 해도 오랜 기간 재활이 필요할 것은 분명했다. 그마저도 가능할지는 미지수였고.

박종팔이 말했다.

“그럼 무슨 상황이었는지 자세히 말씀해주시겠습니까? 물론 당신의 말만으로는….”

그가 말을 마치기 전, 김효종이 짧은 신음을 내뱉으며 눈을 떴다.

“이 사람한테 물어보면 되겠네요.”

이동우가 말했다.

박종팔이 김효종 옆으로 쪼그려 앉으며 물었다.

“괜찮으십니까?”

“네? 아, 네… 어떻게 된 거죠?”

강해가 말했다.

“감전 당해서 정신을 잃은 것뿐이야. 멀쩡하다.”

그는 아직 정신을 차리지 못한 정영지를 힐끗 보고는 말을 이었다.

"저쪽은 쇼크가 좀 심하게 온 것 같긴 하지만."

구급차는 마지막 자리에 정영지를 태워 자리를 떴다.

재구성이 이뤄지고 있는 던전 앞에는 강해와 김효종, 박종팔, 이동우까지 네 사람만이 남아 있었다.

김효종은 자신의 머리에 손을 짚은 채 물었다.

"그 새끼, 신주영은 어떻게 됐습니까?"

강해가 씩 웃으며 대답했다.

"죽었죠."

"당신이요? 아니면 프리즘 가고일한테? 아니면 협회 분들이?"

"당연히…."

이동우가 대화에 끼어들었다.

"상황 설명 좀 해주시죠."

❖

박종팔과 이동우는 세밀하게 질문을 던졌고, 김효종은 처음에 고개를 갸우뚱거리다가 하나하나 대답하기 시작했다.

강해는 팔짱을 낀 채 이따금씩 "빨리 보상금이나 지급해. 나 바쁜 사람이니까." 따위의 말을 던졌다.

세 사람의 질의응답이 끝나고, 강해의 혐의는 벗겨졌다. 모든 것이 정당방위였다. 아니, 던전에서 범죄를 저지른 신주영을 잡아내고 다른 헌터들을 구출했다.

강해가 씩 웃으며 말했다.

"내가 말했잖아, 정당방위라고."

이동우는 분하다는 듯이 인상을 찡그렸지만 아무것도 할 수 없었다.

신주영은 죽어 마땅한 놈이었다. 동료인 이은미를 아끼지만, 그 역시 범죄자는 즉결처형을 해도 된다는 생각이었다.

이은미의 일은 전후사정을 파악하지 않은 그녀의 잘못이었고.

박종팔이 씁쓸한 표정으로 말했다.

"저희 측에서 또 결례를 범한 셈이로군요."

강해가 피식 코웃음을 치고 말했다.

"결례? 사람 심장을 노리고 칼을 휘둘렀는데, 단순히 결례로 끝나는 얘깁니까?"

"죄송합니다."

박종팔은 안면이 바닥에 닿으라고 하는 것처럼 고개를 숙였다. 강해는 팔짱을 낀 채 그의 뒤통수를 내려다봤다.

이동우는 그 광경이 마음에 들지 않았다. 그의 정서로는 그랬다.

누가 봐도 나이가 한참 많은 사람이 자신보다 어린 사람에게 고개를 숙이는 것이 싫었다.

게다가 박종팔은 시종일관 말리기만 했고, 아무런 죄도 없었으니 더욱 그렇게 느껴졌다.

강해는 박종팔이 고개를 숙이는 것에 대해 아무런 거부감이 없었다.

살아온 세월을 생각하면 그보다 나이도 더 많았으니 어색할 이유가 없었다.

다른 세상에서 모두의 지도자가 됐을 때는 실제로 나이가 더 많은 이들도 그에게 고개를 숙였었고.

박종팔이 고개를 숙인 채 손을 뻗어 이동우의 허벅지를 툭 치고는 바람 소리가 섞인 목소리를 냈다.

"뭐해, 사과드리지 않고."

이동우는 그제야 고개를 숙였다.

"죄송합니다."

강해는 미소를 머금은 얼굴로 양손을 위로 저었다.

"됐어요, 고개 드세요."

두 사람이 다시 허리를 피자 강해가 말했다.

"못난 부하직원들 때문에 고생이 많으십니다."

박종팔은 고개를 꾸벅이며 말했다.

"제가 교육을 제대로 못 시켜서 그렇습니다. 죄송합니다."

강해는 이동우를 노려보며 말했다.

"앞으로 조심해."

이동우는 인상을 찡그린 채 아무 대답도 하지 않았다.

강해는 약을 올리듯 피식 웃은 뒤 박종팔에게로 시선을 옮겼다.

"보상금 지급은 언제 됩니까?"

"신청하시면 한 시간 안에 등록하신 계좌로 입금될 겁니다."

"내가 지금 휴대폰이 없어서 그런데, 잠깐 좀 빌립시다."

그는 박종팔의 휴대폰으로 보상금 지급을 신청하려 했지만, 본인 명의가 아니기에 불가능했다.

공인인증서 혹은 지문인식도 필요했고.

대신 강해가 이 던전을 처리했다는 것은 바로 확인이 가능했다.

지금은 박종팔을 통해서 할 수도 있었지만, 보통 던전 앞에는 드론이 한 대씩 떠 있는데, 그것을 통해 가능했다.

박종팔과 이동우는 그렇게 자리를 떴다. 강해는 잠시 두 사람의 뒷모습에 시선을 고정했다.

가는 길에 박종팔이 이동우의 뒤통수를 몇 번이나 후려쳤다. 딱, 빡, 빽, 빡, 하고 경쾌한 소리가 울려 퍼지고, 강해의 입가에 미소가 번졌다.

"아, 맞다. 워해머."

강해는 황급히 던전으로 다시 뛰어 들어가 워해머를 챙겼다.

그가 다시 던전 밖으로 나왔을 때는 김효종이 아직도 그 자리에 머무르고 있었다.

그리고 그의 옆에는 회색 후드를 뒤집어쓴 남자가 서 있었다.

김효종이 미소를 지으며 말했다.

"나오셨군요."

강해는 후드를 뒤집어 쓴 남자를 힐끗 쳐다봤다.

[권정대]

특성 : 변형

잠재력 : 530

강해가 물었다.

"저를 기다리신 겁니까?"

김효종이 고개를 끄덕거리며 대답했다.

"예, 우선 감사하다는 말씀을 드리고 싶어서요. 다른 사람들은 부상이 심해서 실려 가느라 제대로 인사도 못했지만, 저는 아니니까요."

"당연히 해야 될 일이었으니까요. 그래도 이렇게 일부러 기다려주셨다니, 고맙습니다."

이곳에서도 이미 몇 번인가 일어난 일이긴 하지만, 강해가 다른 세상인 더 판타지아에 있을 때 그의 손에 죽은 이들의 숫자는 셀 수 없을 만큼 많다.

하지만 그만큼 목숨을 건진 이들 또한 많았다.

그 과정에서 별의별 일을 다 겪기도 했다. 예를 들자면

물에 빠진 걸 구해줬더니 봇짐을 내놓으라는 격인 경우 역시 수차례 겪은 바 있다.

김효종은 일부러 기다리면서 감사 인사를 건넸으니, 강해의 입장에서도 고마운 면이 있었다.

냉정하게 말해 던전을 처리하기 위해 움직이기로 결정했던 것은 보상금 때문이기도 했고, 전투를 하는 과정 자체가 즐거움을 가져다주기도 했지만.

강해는 기본적으로 보수가 있어야 움직인다. 아니면 그에 걸맞은 명분이 있어야 한다.

하지만 위기에 처한 사람을 못 본 채 지나치는 사람도 아니고, 사악한 이들을 그냥 내버려두지도 않는다.

그 누구보다 의로운 사람일 수도 있는 동시에 잔인해질 수도 있는 남자가 최강해다.

김효종이 미소를 지으며 말했다.

"아무튼 덕분에 살았습니다. 감사합니다."

"예, 그럼 저는 이만 가보겠습니다. 할 일이 많아서 말이죠."

강해가 몸을 돌려 걸음을 떼려는데 후드를 뒤집어쓰고 있는 권정대가 손을 뻗었다.

강해는 자신의 어깨에 그의 손이 닿기 전에 피해내고 다시 몸을 돌려 미간을 찡그렸다.

권정대는 손을 천천히 내리며 씩 웃었는데, 후드에 얼굴이 가려 입과 코만이 제대로 보였다.

"잠깐 얘기 좀 하죠."

강해는 미간을 찡그리며 불쾌함을 드러냈다. 얼굴도 드러내지 않은 채 다짜고짜 한다는 말이 '잠깐 얘기 좀 하죠.' 였으니까.

그 말투가 딱히 나쁘다고 할 수는 없지만, 그리 예의가 바르다고 보기도 어려웠다.

김효종과 같이 있는 걸로 봐서는 친구나 가족 혹은 적어도 아는 사람은 됐다.

김효종의 은인인 강해에게 말을 건다면 우선 감사하다는 인사부터 해야 되지 않겠는가.

그리고 무엇보다 강해의 마음에 안 든 것은 뒤에서 소리 없이 뻗어온 손이었다.

강해는 뼛속까지 전투에 물든 사내다. 그가 이런 부분에서 싫어하는 것은 누군가 앞을 가로막거나 뒤로 다가서는 것이다.

앞을 가로막으면 시야를 가리고, 뒤에서 붙는 것은 기습이 될 수 있으니까.

그는 언제나 자신의 넘치는 전투본능을 절제한다. 적어도 평소에는 유들유들하게 지내려 노력하고 있다.

강해는 양손을 주머니에 넣으며 미간을 잔뜩 찡그렸는데, 눈치를 보던 김효종이 입을 열었다.

"아, 저기… 일단 다시 한 번 감사드린다는 말을 하고 싶었습니다. 그리고 다름이 아니라, 강해 씨한테 제안을 드리고 싶은 게 있어서요."

"제안이요? 무슨 제안이요?"

옆에 서 있던 권정대가 대화에 끼어들었다.

"아, 그게 말이죠."

김효종이 눈치를 주듯 팔꿈치로 그를 툭 쳤다. 그제야 권정대는 후드를 벗어 앳된 얼굴을 드러냈다.

"안녕하십니까. 인사가 늦었습니다. 권정대입니다."

그는 김효종의 등짝을 탁 치며 말을 이었다.

"이 친구가 먼저 감사하다는 인사를 드리는 게 맞는 거 같아서 기다리다가 이제 얘기를 꺼내네요."

"그래요? 별로 그런 것 같지는 않던데? 제가 장님도 아니고, 눈치를 주니까 그런 거 아닙니까?"

권정대는 멋쩍은 듯이 웃어 보였다.

"제 동생을 구해주시고, 방금 전만 해도 꽤 살가우셨는데 갑자기 차갑게…."

강해가 그의 말허리를 잘랐다.

"본론만 말씀해주시겠습니까?"

권정대는 헛웃음을 지으며 말을 멈췄다.

김효종이 눈치를 보다 입을 열려는 찰나, 권정대가 씩 웃으며 말했다.

"예, 그럼 본론으로 들어가죠. 혹시 클랜이 있으신지요?"

강해는 눈썹을 찡그리며 되물었다.

"클랜이요?"

"예, 여기 있는 효종이를 구해주셨다는 얘기 전해 들었습니다. 협회 측 얘기하고 종합해보니, 가고일들을 전부 없애고 4성 상급인 헌터마저 압도적으로 제압을 하셨다구요?"

"지금 나한테 당신들 클랜에 들어오라고 하는 겁니까?"

❖

권정대는 씩 웃으며 고개를 끄덕거렸다.

"예, 그렇습니다. 저희 '호형호제' 클랜에 모시고 싶습니다. 듣자하니 전투를 하실 때 마나는 1성 수준이었다고 들었는데, 4성 상급을 제압하실 정도라면 정말 굉장한 거니까요."

그는 검지를 세워 보이며 말을 이었다.

"아마 정신력과 주문력을 높이는 데 집중하시면 더욱 강해지실 겁니다. 잠재력이 측정불가이시긴 하지만, 저희 클랜에서 그러한 부분도 분명 도와드릴…."

강해가 그의 말허리를 잘랐다.

"할 얘기는 그게 전부입니까?"

"예?"

"결국 클랜에 들어오라는 소리가 전부잖습니까? 생각 없습니다."

"아니, 일단 얘기를 좀 더…."

"아뇨, 없습니다."

그는 김효종을 보며 "아무튼 오늘 고생했습니다. 그럼."이라고 말한 뒤, 곧바로 몸을 돌렸다.

권정대가 뒤에서 손을 뻗으며 말했다.

"잠깐만요. 얘기 좀 들어보세요. 당신한테 도움이 될…."

탁.

이번에는 그냥 피하지 않았다. 강해는 권정대의 손을 쳐내고는 미간을 찡그렸다.

"관심 없다고. 무슨 사이비 종교마냥 강요하는 건 안 했으면 좋겠는데."

권정대는 당황한 기색이 역력한 표정으로 천천히 손을 내렸다.

강해가 말했다.

"당신이 나한테 잠재력에 대해 논할 수준인가? 당신도 잠재력은 고작 12밖에 안 되잖아?"

권정대는 피식 코웃음을 치고 말했다.

"잠재력이야 그렇다 칩시다… 그런데 반말을 하지 마시죠?"

"애초에 사람 기분 나쁘게 만들지를 말든가… 그리고 딱 봐도 이제 갓 스물이나 됐나 싶은데, 그게 그렇게 기분 나쁜가?"

"저 올해 마흔입니다."

권정대는 누가 봐도 20대 초반이었다.

강해는 눈썹을 살짝 찡그린 채 아무 대답도 하지 않았다.

김효종이 조심스럽게 말했다.

"아… 여기 계신 분이 부클랜장인데요, 특성 보이시죠? 그거 때문에 겉으로는 좀 젊어 보이세요."

권정대가 웃으며 말했다.

"부클랜장은 무슨, 둘째 형님이지, 안 그래 동생?"

김효종은 고개를 끄덕이며 "아, 예. 그렇죠."라고 하고는 눈치를 살피며 옅은 미소를 지었다.

강해는 굳은 표정으로 권정대를 똑바로 쳐다보며 말했다.

"난 환갑이 지났어."

권정대는 한숨을 내쉬며 고개를 가볍게 저었다.

"왜 이렇게 공격적으로 나오시는지 모르겠네요."

"당신 헌터 아닌가?"

"맞습니다만?"

강해는 천천히 고개를 끄덕거리며 권정대의 얼굴을 뚫어져라 쳐다봤다.

그가 눈을 깜박이는 순간이었다.

'피바람.'

팡! 휘이이잉—

권정대가 다시 눈을 떴을 때 강해는 그의 뒤로 돌아가서 뒤통수를 향해 오른쪽 주먹을 뻗고 있었다.

"헌터라면, 전장을 누비는 자라면 알고 있을 텐데? 이렇게 예고 없이 뒤로 손을 뻗으면 얼마나 기분이 더러운지 말이야."

강해가 서 있던 자리에는 피비린내 섞인 붉은 바람만이 바닥을 스치고 서서히 멀어지며 사라졌다.

피바람은 순간적으로 민첩성을 급격히 높인다. 단순히 이동기라고 볼 수는 없지만.

권정대는 천천히 몸을 뒤로 돌렸는데, 옅은 미소를 머금고 있었다.

강해는 여전히 주먹을 쥔 채 들고 있었는데, 권정대의 코 앞에 위치했다.

"아… 이거 좀 예민한 분이셨네요. 그런 의도는 아니었습니다. 우리 클랜원을 구해주시기도 했고, 능력도 뛰어난 거 같으니 좋은 조건으로 영입을 하고 싶었을 뿐이죠. 그나저나 등에 그 무거워 보이는 망치를 짊어지고도 바람처럼 빠르네요."

권정대는 여유로운 목소리를 냈다.

강해는 주먹을 천천히 내리고는 단호하게 말했다.

"아무튼 생각 없으니까, 나는 이만 가겠어. 한 번만 더 말없이 내 뒤에다 대고 손을 뻗으면, 싸우자는 것으로 간주하고 붙어주겠다."

권정대는 양쪽 입꼬리를 올리며 양손을 들어 보였다.

"알겠습니다. 가시죠."

강해는 눈을 흘기고는 몸을 돌려 걸음을 옮겼다. 첫 인상부터 여러 가지로 권정대가 마음에 들지 않았다. 그리고 가장 큰 이유가 하나 더 있었다.

'피비린내가 아직도 풍기는 것 같네.'

강해는 수많은 전장을 다녔고, 피와 분노로 싸우는 남자.

그 누구보다 피 냄새에 민감하고, 분노에 대해서 잘 알고 있다.

'마음에 안 들어.'

일반인들은 느낄 수 없는 것이지만, 강해는 권정대에게서 짙은 피 냄새를 느낄 수 있었다.

그 냄새는 샤워 몇 번으로 간단히 씻기는 그런 것이 아니었다.

권정대가 범죄자들만 잡았을 가능성도 있긴 했다. 짙은 피비린내의 원인도 그것 때문일 수도 있고.

하지만 강해는 왠지 모르게 그렇지 않을 거라고 느꼈다. 특별한 근거나 이유 따위는 없었다. 순전히 자신의 감이었다.

그는 처음부터 권정대에게서 풍기는 피비린내를 느꼈고, 나이 역시 정확히는 아니지만 겉으로 보이는 것보다는 많을 거라 생각하고 있었다.

강해가 특성인 변형에서 힌트를 얻은 것도 있지만, 권정대의 목소리나 눈빛에 묻어나는 특유의 느낌까지 바꿀 수 없던 탓도 있었다.

권정대는 시종일관 미소를 지으며 부드러운 목소리를 냈지만, 두 눈은 단 한 번도 웃지 않았다.

언제나 대상을 베어버리는 듯한 날카로운 눈빛을 보였다.

게다가 뒤에서 뻗어온 피비린내가 풍기는 손은 언제나 준비가 돼 있는 느낌이었다.

걸음을 옮기던 강해가 멈춰 섰다.

'찝찝한데.'

그가 몸을 돌렸다. 수십 발자국 이상 걸음을 옮기는 동안 김효종과 권정대는 여전히 그 자리에 머물고 있었다.

권정대가 미소를 지어 보이며 손을 흔들었다.

강해는 미간을 찡그리며 주먹을 꽉 쥐었는데, 검지와 중지로 손바닥 가운데를 짓눌러 상처를 냈다.

'스캐터.'

강해의 손아귀에서 흐른 피가 분무기에서 나오는 것처럼 허공으로 흩뿌려졌다.

아주 작은 핏방울들은 작아지고 더 작아지며 퍼져 나갔다.

눈에 보이지도 않을 만큼 작아진 핏방울들이 길게 늘어져 김효종과 권정대의 주위로 흩어졌다.

"아쉽지만 어쩔 수 없겠네요."

김효종이 조심스럽게 말했다.

강해는 핏방울들을 퍼트렸고, 그것에 전해지는 진동으로 목소리를 듣고 있었다. 그는 정밀한 기계처럼 방울방울에 울리는 진동을 읽어냈다.

권정대가 웃음 섞인 목소리로 말했다.

"어쩔 수 없긴… 다시 시도해봐야지. 최강해는 우리 클랜에 필요한 인재야. 저런 타입은 찾기 힘들다고. 특성도 재미있고… 어쩌면 나보다 형님이 될 수 있을지도 몰라."

강해는 미간을 찡그렸다. 마음에 들지는 않았지만, 별다른 문제가 있거나 하지는 않았다. 익숙한 일이기도 했고.

더 판타지아에서도 강해를 같은 편으로 끌어들이려는 무리들은 셀 수도 없이 많았으니까.

강해가 핏방울들을 거두기 직전이었다.

권정대가 나지막이 말했다.

"뭐… 버릇이 좀 없긴 한데, 그거야 정신교육을 좀 시키면 될 일이고. 나보다 형님이 될 자질은 있다만, 동생일 땐 예의를 지켜야 되는 거니까."

호형호제 클랜은 그런 곳이었다.

서열은 존재하지만 힘으로 형님과 동생이 정해지고, 다른 호칭은 쓰지 않는다.

그리고 서열 1위와 2위만큼은 클랜이 생긴 이래로 바뀐 적이 없었다. 그 만큼 규모가 작은 곳이기도 했지만.

강해는 핏방울들을 거두고 걸음을 옮겼다. 그를 먼저 본 것은 김효종이었고, 이어서 권정대가 고개를 돌렸다.

"다시 오셨네요?"

권정대가 미소를 머금은 채 물었다.

강해가 씩 웃으며 말했다.

"예, 물어볼 게 좀 있어서 말이죠."

"말씀하시죠."

"내가 잘못 들은 게 아니라면… 버릇이 없다느니, 정신 교육을 시킨다느니 그런 소리가 들렸던 거 같은데?"

권정대는 코웃음을 쳤다.

"그럴 리가요. 그나저나 그 거리에서 저희 얘기가 들릴 수 있을 리가 없잖아요? 버서커란 특성이 귀가 잘 들리는 거하고는 관계가 없어 보이는데요. 그렇지 않…."

그가 말을 마치기 전, 강해가 오른쪽 주먹 밑동으로 왼쪽 손바닥을 탁 소리가 울리도록 내리쳤다.

"아, 생각해보니까 잘못 들은 게 아니었어."

그는 미소를 머금고 권정대와 두 눈을 마주치며 말을 이었다.

"내가 생각할 때 해명이 필요한 거 같은데. 나에 대해서 그딴 식으로 말하는 게 별로 마음에 들지 않거든."

"……."

"헌터끼리는 사소한 시비로도 목숨이 왔다 갔다 할 수도 있는 세상이잖아. 안 그래?"

권정대가 한 거라곤 말 몇 마디뿐이었다.

평소의 강해라면 무시하고 지나칠 수도 있는 일이다.

직접적인 위협을 가하는 게 아니라면, 제대로 된 명분이 없다면 굳이 먼저 건드리지는 않는다.

그는 언제나 버서커로서의 본성을 억누르기 위해 애쓰고

있다.

전투 자체를 즐기고, 힘을 추구하는 것까지는 막을 수 없다.

하지만 적어도 불필요한 학살은 하지 않기 위해 마음을 다스리고 또 다스렸다.

덕분에 지금처럼 비교적 온건한 정신을 유지할 수 있었다.

과거에 그가 전투에 미쳐 살았을 때는 아군과 적의 구분이 없던 시절도 있었으니까.

강해는 눈을 부릅뜨고 권정대를 노려봤다.

무슨 생각을 하고 있는지 두 눈을 통해 꿰뚫어보려는 것처럼, 끄집어내려는 듯했다.

권정대는 눈을 피하지 않고 입가에 미소를 머금은 채 입을 열었다.

"시비를 걸려고 한 게 아닙니다. 제가 당신하고 그럴 이유가 없잖습니까? 아까 말씀드렸다시피 저희 클랜에 들어오시길 바라고 있습니다."

"그래? 난 분명히 싫다고 말했던 거 같은데."

"그래도 다시 생각해볼 수 있는 문제니까요. 제가 당신의 정확한 능력치를 아는 것은 아니지만, 주문력과 정신력에 비해 근력과 체력, 민첩성이 상당히 높은 것으로 보이는데요."

그는 오른쪽 손아귀에 거무튀튀한 빛깔의 마나를 모여들

게 하고는 말을 이었다.

"지금 4성 중급 정도 되시나요? 우리는 당신이 지금보다 더 강해지게 할 수 있습니다. 정신력과 주문력을 조금만 더 올리면…."

❖

강해가 피식 코웃음을 쳤다.

"그런 도움 따위는 필요 없어. 나한테 버릇이 없다느니, 뭐라느니 한 얘기에 대해서 해명을 듣고 싶은데. 그리고 당장 그 마나를 도로 집어넣지 않으면 싸우겠다는 걸로 간주하지."

"그게 들릴 줄도 몰랐고, 기분이 나쁘셨다면 죄송합니다. 최강해 씨가 저의 형제를 구해준 거에 대해서도 감사하게 생각하고 있고요."

권정대는 미간은 찡그리고 한쪽 입꼬리는 올렸다. 미소라 할 수 없는 미소였다.

그가 물었다.

"하지만 그 이후로 딱히 예의를 지키시진 않은 것은 사실이잖습니까?"

두 사람은 말없이 눈을 마주쳤다.

권정대는 입가에 옅은 미소를 머금는 것을 잊지 않았다. 두 눈에는 웃음기가 조금도 없었지만.

강해는 팔짱을 낀 채 미간을 잔뜩 찡그렸다. 눈앞에 있는 권정대가 마음에 들지 않았다.

감이 말하고 있었고, 권정대의 두 눈빛에서 읽을 수 있었다.

'절대 좋은 놈은 아니다.'

강해가 굳이 걸음을 옮겨 이러고 있는 것도 명분을 잡기 위함이었다. 본색을 드러내라, 그 순간 제압해주마, 그런 의미를 담고 있었다.

그때 눈치만 살피던 김효종이 조심스럽게 끼어들었다.

"그만들 하세요."

두 사람의 시선이 옮겨졌다. 그는 강해를 향해 고개를 꾸벅인 뒤 말했다.

"죄송합니다. 나쁜 뜻으로 말한 건 아니었어요. 저희 형님도 기분이 조금 상하다보니까 말을 좋게 하지는 않았던 거고요."

그가 긴장한 표정으로 말을 이어나갔다.

"정신교육이라는 건 그냥 저희 클랜의 규칙을 잘 알려주겠다는 걸 조금 강하게 표현했을 뿐입니다."

곧바로 권정대가 고개를 살짝 숙이고 말했다.

"기분이 나쁘셨다면 죄송합니다. 곰곰이 생각해보니 순간 기분이 좀 나빠서 결례를 범했던 것 같네요."

그는 허허 웃으며 김효종의 등을 툭툭 두드리며 말을 이었다.

"제가 형님이라지만 이렇게 동생한테 배울 때도 많네요."

강해는 인상을 찡그리며 가벼운 한숨을 내뱉었다. 김이 빠져버렸다. 여전히 권정대가 마음에 들지 않았지만, 싸울 마음도 생기지 않았다.

무엇보다 명분이 없었다. 헌터끼리의 싸움이 법에 저촉되지 않고 이뤄지는 것은 어디까지나 합의하에 이뤄질 때다.

지금 강해가 전투를 벌인다면 전적으로 그에게 책임이 달린다. 범죄를 저지르는 것이다.

강해는 권정대 하나쯤은 쥐도 새도 모르게 없앨 자신이 있었지만, 지금 옆에는 김효종이 있었다.

'이 사람은 아무런 죄가 없어.'

그는 눈을 가늘게 뜨고 권정대를 쳐다봤다.

'엄밀히 말해서 이놈도 지금 죽을죄를 지은 건 없고….'

명분이 없었다. 강해는 과거로 돌아가지 않기 위해 스스로 다짐하고 있는 규칙을 지킨다. 최강해가 아닌 피와 분노, 전투에 미친 버서커가 되지 않기 위해.

목적을 위해 수단을 써야 한다. 수단을 위해 목적을 만드는 것이 아니라.

과거의 강해는 그랬다. 어떠한 목적을 위해서 전투를 하는 것이 아니라, 전투를 위해서 목적을 만들곤 했다.

아니, 목적 따위 없이 닥치는 대로 싸웠던 시절이 있다.

강해가 나지막이 말했다.

"그냥 가도록 하지. 별일도 아니니까…."

그는 김효종을 잠시 쳐다보다가 권정대를 보며 말을 이었다.

"클랜이니 뭐니 관심 없으니까, 다시 마주치는 일이 없었으면 좋겠어. 그리고… 착하게 살아. 그러는 게 좋을 거야."

강해는 그들의 말을 듣지 않고 그대로 몸을 돌려버렸다.

강해가 두 사람의 시야에서 보이지 않을 즈음이었다.

짜악!

권정대가 김효종의 뺨을 후려쳤다.

"누가 끼어들래?"

김효종은 자신의 뺨을 어루만지며 고개를 숙였다.

"죄송합니다."

"병신새끼."

권정대는 인상을 찡그리며 강해가 간 방향을 노려봤다.

그는 강해와 싸울 생각이었다. 생사를 건 전투는 아니었다. 내기를 걸고 일종의 대련을 할 셈이었다.

이를 통해 강해를 클랜에 들어오게 하고, 힘의 차이를 보여줘서 버릇도 고쳐주겠다고.

자신의 동생으로 삼으려고 했는데 김효종이 무마시킨 거였다.

권정대는 주먹을 꽉 쥐며 중얼거렸다.

"슬로터 클랜을 이기려면 저놈이 필요해."

❖

강해는 은행에 들러 지문인식을 등록한 뒤에 휴대폰을 통해 보상금 4,800만 원을 지급 받았다. 그리고 혼자서도 4성 상급 던전에 입장이 가능한 것을 확인할 수 있었다.

'세상 많이 좋아졌네.'

그의 입가에 다시금 미소가 번졌다.

'여러 가지로 말이지… 대략 4성 상급으로 봐준다는 건가? 여기 맞는 일을 몇 번 더 하면 5성으로 올라가겠지?'

그는 집을 향해 걸음을 옮겼다.

'이제 주인집 좀 만나봐야겠네.'

걸음을 옮기던 강해가 인상을 찡그리며 뒷머리를 긁적거렸다.

'아무리 생각해도 권정대 그놈은 마음에 안 든단 말이지. 명분이 필요한데….'

집에 다다를 즈음, 강해는 입안에서 씁쓸한 맛을 느꼈다.

'조금 위험했어.'

그는 던전에서 화가 끓어올랐고 폭주를 사용한 부분이나 권정대와 맞선 것 등에 대해 스스로 반성했다.

자칫 잘못했다간 이성을 잃을 수도 있었으니까.

예전에는 폭주를 사용하는 것조차 제대로 다룰 수 없었다.

정확히는 언제나 폭주 상태였고, 강해가 아닌 버서커로서 살아갔다.

하지만 지금은 다르다. 범위가 상당히 넓긴 하지만, 적의 기준을 명확히 세우고 난 뒤에는 폭주를 기술로써 활용할 수 있게 됐다. 폭주 중에 이성을 유지할 수도 있었고.

강해는 길게 한숨을 내쉬었다.

'걸핏하면 폭발할 거 같으니 참….'

버서커의 힘을 가진 대신 품어야 하는 부작용이다.

누구나 분노를 품고, 그 분노는 언젠가 사라지기 마련이다. 특정 대상에게 품는 분노는 식기 마련이다. 맛있는 식사, 음주, 흡연, 숙면 등을 통해 사그라지고, 시간이라는 약이 분노를 중화시킨다.

하지만 강해는 다르다. 대상이 없는 분노가 언제나 가슴속에서 타오른다. 대상이 없어 풀 방법이 없는 분노.

지금은 익숙해졌다. 평소에는 여느 사람들처럼 지내고, 웃을 수도 있다. 하지만 아주 작은 자극에도 그 분노가 극심하게 날뛸 수도 있는 것이다.

강해는 스스로 몇몇 기술들을 사용하지 않기 위해서 항상 자중한다. 폭주를 뛰어넘는 그것들은 언제나 튀어나오려고 한다.

강해가 자신의 손아귀로 시선을 옮겼다.

'이 손으로 정말 많이….'

그는 더 판타지아에서 자신의 동료마저 죽일 뻔 했을 때를 떠올렸다.

다행히 회복할 수 있는 수준의 부상이었지만, 그때 스스로 절제를 해야 됨을 깨달았었다.

'그때 일이 아니었다면….'

스스로 확신할 수 있었다. 절제하려 들지 않고 그대로 계속 살았다면 버서커를 벗어나 광기만이 남은 피에 미친 살육기계가 됐을 것이다. 몬스터나 적은 물론, 남녀노소 가리지 않았을 것이다.

강해는 어떤 일을 할 때든, 심지어 잠을 잘 때조차 절제하고 있다. 지금 세상에 와서 그가 죽인 이들을 생각하면 그 절제의 기준이 꽤 포괄적이긴 하지만.

강해가 이런저런 생각들로 머릿속을 어지럽히는 동안 집 앞에 다다라 있었다.

'자제해야지… 그나저나 집주인은 어디서 만나면 되려나? 연락처도 모르는데.'

그는 까마득한 과거를 더듬으며 고개를 들었다.

'예전에 꼭대기 층이 주인집이었던 걸로 기억하는데….'

그는 일단 건물로 들어서서 계단을 오르기 시작했다.

4층으로 올라가는 중간계단에 꼭대기로 가는 길을 차단하는 철문이 있었다. 당연히 문은 잠겨 있었다. 초인종은 설치돼 있었다.

딸칵, 버튼을 누르자 초인종 소리가 울려 퍼졌다. 하지만 집에는 아무도 없는 것인지 반응이 없었다.

강해는 몇 번이나 초인종을 누르고 철문을 흔들었지만

여전히 반응은 없었다.

'짜증나네… 부숴버릴까?'

그는 미간을 찡그리다가도 길게 심호흡을 한 뒤에 몸을 돌려 계단을 내려왔다.

강해는 3층에 있는 상아색 문 앞에 섰다. 초인종은 고장 난 상태였다.

텅텅텅, 강해가 주먹 밑동으로 문을 두드렸다.

"누구요?"

문 너머로 한 남자의 목소리가 들려왔다.

강해가 말했다.

"아랫집 사는 사람인데요, 뭐 좀 여쭤보려고요."

"내가 저번에도 말했잖아! 우리 집에서 시끄럽게 뛰어다닐 사람 없다니까!"

문 너머의 남자가 갑작스레 목소리를 높였다.

"예?"

"지금도 앉아서 밥 먹고 있었는데 뭐가 시끄럽다고 찾아와서 또 지랄이야? 진짜 죽고 싶어?"

강해가 헛웃음을 치며 말했다.

"바로 아래층 사람 아니고요. 지하 사는 사람입니다."

그제야 철컥, 하고 문이 열렸다. 문틈으로 고개를 뺀 남자는 30대 중반 정도로 보였다.

퉁퉁한 뺨에는 커다란 칼자국이 있었고 팔에는 이레즈미, 소위 말하는 야쿠자 문신이 자리하고 있었다.

[이재훈]

특성 : 신체강화

잠재력 : 800

강해는 순간 흠칫 놀랐다.

'헌터였어? 혹시나 해서 봤더니….'

기대감 때문이었다. 처음으로 접하는 잠재력 수치 800, 전투광인 강해의 관심을 끌기에는 부족함이 없었다.

이재훈이 인상을 구기고 물었다.

"나한테 무슨 볼일이슈?"

강해는 번뜩 정신을 차렸다.

'아, 이거 때문에 온 게 아니지.'

그는 미소를 머금은 채 물었다.

"혹시 주인집 전화번호 좀 아시나 해서요."

"그걸 왜 나한테 물어봐? 밥 먹는데 짜증나게…."

이재훈은 그대로 고개를 뒤로 빼며 문을 닫으려고 했다.

턱.

강해가 손을 뻗어 문을 잡았다.

"주인집 연락처 알고 계시는 거죠? 어려운 것도 아닌데 좀 알려주시죠?"

이재훈은 강해의 손을 한 번 쳐다보고는 두 눈을 부라렸다. 그 역시 강해의 능력치를 확인했다. 잠재력 측정불가, 헌터로서 재능이 없다는 뜻.

“손 안 치워? 뒈지고 싶어?”

이재훈이 입술을 실룩이며 당장이라도 달려들 것처럼 말했다.

강해는 눈을 천천히 감았다가 떴다. 여전히 이재훈은 두 눈을 부라리고 있었다. 강해가 한숨을 가볍게 내쉰 뒤에 말했다.

“그냥 연락처만 알려주시면 됩니다. 같은 건물 사는 사람들끼리 그 정도 부탁도 못 들어줍니까?”

“내가 왜 너 때문에 그 수고를 덜어야…”

이재훈이 말을 하다 멈추고, 강해의 주머니 쪽으로 시선을 옮겼다. 그러고는 미소를 머금은 채 말했다.

“마석인가?”

강해도 이제는 참을 만큼 참았다는 상태, 죽이지는 않아도 충분히 패줄 만큼의 명분은 있다고 생각하며 주먹을 꽉 쥐었다.

겸사겸사 잠재력 800이란 놈은 얼마나 강한지 붙어보고 싶기도 했고.

이재훈이 말했다.

“그 마석을 건네면 알려줄 용의도 있는데. 몇 성급이지? 마나가 꽤 강력히 느껴지는데.”

강해가 피식 코웃음을 쳤다.

“미친 새끼…”

“뭐? 이 새끼가 뒈지려고 진짜!”

이재훈은 문틈으로 오른손을 뻗어 강해의 멱살을 잡았다.

강해는 입가에 미소를 머금은 채 나지막이 말했다.

“니가 먼저 시작한 거다.”

“뭐?”

NEO MODERN FANTASY STORY

9. 힘의 차이

만렙 버서커

9. 힘의 차이

쾅!

강해가 왼손을 뻗어 문을 거세게 닫았고, 그 틈에 이재훈이 끼었다.

"아아아악!"

이재훈은 강해의 몸에서 손을 떼고는 인상을 구겼다.

"이 새끼—!"

그가 두 눈을 번뜩이며 푸른빛 마나를 끌어올렸다.

'신체강화.'

퉁퉁한 체격의 그가 순식간에 근육질로 변했고, 근력이 상승했다. 그는 문을 밀쳐내려 했지만 꼼짝도 하지 않았다.

"어?"

강해는 실망한 표정으로 이재훈을 쳐다보고 있었다.

"이런…."

이재훈의 잠재력은 최소 8성 이상의 헌터가 될 수 있음을 말하고 있었다.

하지만 그가 뿜어낸 마나는 기껏해야 1성 중급에서 상급 수준. 다른 능력치 또한 1성급을 벗어나지 못했다.

푸른빛 마나를 뿜어내는 것부터 그랬다. 이재훈은 마나의 성질조차 자신에게 알맞은 형태로 변형시키지 못한 상태를 뜻했다.

일반적으로 헌터들은 마나를 자신에게 알맞도록 성질을 변화시키고, 그것은 고유의 색을 가진다.

즉, 마나에 대해 이해도가 있는 헌터라면 쓰는 마나가 푸른 계열일 수는 있어도 고유의 푸른빛을 그대로 유지하지 않는다.

이재훈은 잠재력만 뛰어났지, 현재 가진 역량은 터무니없이 약한 남자였다.

강해가 양팔을 넓게 벌려 문의 위쪽과 아래쪽을 잡았다.

이재훈이 다급히 소리쳤다.

"이봐, 잠깐! 잠깐만!"

끼이이이이이익—

강해는 그대로 문을 구부러트렸다.

투퉁! 투퉁!

문의 경첩이 뜯어져 나오며 크게 소리가 울렸다.

끼이이이익, 콰직, 콰지직!

강해가 문에서 손을 뗐을 땐 일부분이 벽을 파고들어 고정된 채 둥글게 말려 이재훈을 감싸고 있었다.

"이, 이 씨발!"

이재훈은 몸을 뒤로 빼려고 했다. 하지만 강해는 그가 뻗고 있는 오른쪽 손목을 움켜쥐었다.

"놔! 놓으라고!"

강해가 웃음기를 잔뜩 머금은 얼굴로 말했다.

"썩은 누드김밥 같네."

이재훈이 두 눈을 희번덕거리며 말했다.

"어디서 보낸 놈이야? 슬로터 쪽이냐? 네놈 이러고도 무사할 거 같아? 우리 형님 찾을 때부터 이상하다 했지. 지금이라도 관두는 게 좋을 거다. 우리 호형호제 클랜이 가만히 있을 거 같아?"

강해는 이재훈과 두 눈을 마주치며 빠르게 머리를 굴리고는 피식 웃었다.

"이게 또 이렇게 엮이네…."

이재훈은 인상을 잔뜩 구긴 채 소리쳤다.

"뭔 개소리야? 빨리 놔! 내 말 못 들었어?"

강해는 입가에 미소를 머금은 채 천천히 손을 놨다.

이재훈이 피식 웃으며 말했다.

"그래, 이 새끼야. 넌 뒈졌…."

그가 말을 마치기 전이었다.

짜악—!

"컥!"

강해가 오른손으로 그의 뺨을 올려붙였다. 싸대기 한 방에 코피가 터졌고, 손금까지 자국이 선명하게 남았다.

몇 초도 지나지 않아 그의 빨개진 얼굴이 퉁퉁 부어올랐다.

강해는 싸늘한 눈으로 내려다보며 나지막이 말했다.

"지금 네놈이 협박할 입장이 아니야. 머리가 나빠서 이해 못하나?"

이재훈은 두 눈을 희번덕거렸다.

"너, 이…."

짜악—!

단 두 대의 싸대기로 이재훈의 얼굴은 엉망이 됐다. 그는 오른손으로 손바닥을 보이며 자신의 얼굴을 가렸다.

"자, 잠깐…."

짜악! 짝! 짝! 짝!

"흐극, 잠깐…."

강해가 오른쪽 손바닥을 높이 치켜들었다.

짜아악—! 쿠웅!

그의 오른손이 이재훈의 머리통을 내리쳤다. 그는 자신의 몸을 감고 있는 문짝과 함께 쓰러져 바닥에 안면을 처박았다.

"커허어…."

강해는 떫은 표정으로 그의 뒤통수를 내려다보며 짧은 한숨을 내뱉었다.

❖

두 사람은 집 안쪽으로 들어가 있었다.

이재훈은 거실에서 무릎을 꿇고 있었고, 강해는 여유로운 표정으로 벽에 기대고 앉아 있었다.

"그러니까 네놈이랑 집주인이랑 다 호형호제 클랜이라고?"

"네, 네. 그렇습니다."

"집주인은 곧 오는 거지?"

"예, 아마 30분 안에 올 겁니다."

강해가 묻는 말에 이재훈은 술술 뱉어냈다.

호형호제 클랜의 총인원은 20명 안팎으로 규모가 작은 곳이고, 서열 1위인 김홍수, 2위인 권정대 그리고 3위인 주인집 남자 권정석을 중심으로 돌아갔다.

강해가 물었다.

"그쪽 클랜은 뭐 하는 곳인데?"

"그냥 이래저래…."

"이게 확 씨, 똑바로 말 안 해?"

강해가 손을 치켜들자 이재훈은 방어적으로 양손을 들었다.

"정말 다른 클랜들하고 크게 다를 거 없습니다. 단지 저희는 범죄자를 잡는 게 중심인 곳이고…."

강해는 코웃음을 치며 그의 말허리를 잘랐다.

"범죄자를 잡아? 네가 더 범죄자 같은데? 아까 내 마석도 뺏으려고 했잖아?"

"생긴 건 이렇게 태어난 거고, 문신은 그냥 취향입니다…."

"마석 뺏으려고 한 건?"

이재훈은 무릎을 꿇은 채 양손을 허벅지에 얹고 눈치를 살피며 말했다.

"진짜 뺏으려 한 거까지는 아니고, 그냥 그렇게 겁을 주면 금방 갈 거라 생각해서요. 생긴 것도 이렇고 잠재력도 높은 편이라 그러면 다들 그냥 도망치니까요."

"알만하다, 알만해. 그럼 하나 묻자. 서열 1위, 2위, 3위 수준은…."

강해가 말을 마치기 전이었다. 그는 누군가 계단을 오르는 발걸음 소리를 들을 수 있었고, 이재훈의 시선이 옮겨지는 것을 확인했다.

강해는 등 뒤로 타오르는 듯한 마나를 느끼며 고개를 뒤로 돌렸다.

권정석이 현관에 들어서자마자 두 눈을 번뜩이며 주황빛 마나를 끌어올렸다.

[권정석]

특성 : 기공

잠재력 : 460

그는 4성 상급의 힘을 지니고 있었다.

'기공, 자양강장, 강철 피부.'

그의 피부 안쪽에서부터 주황빛이 뿜어져 나오기 시작했다.

권정석은 그대로 바닥을 박차 강해를 향해 튀어나왔다.

'풍압, 사자의 권.'

그가 오른쪽 주먹을 내지르는데, 전신에서 피어오르는 주황빛 마나가 사자의 형상을 띠었다.

강해는 입가에 미소를 머금은 채 앉은 자리에서 전방으로 튀어나갔다.

'비천격.'

권정석은 미간을 찡그리며 반격할 준비를 했다.

두 사람이 맞부딪치기 직전이었다.

'투혼, 격노, 살의.'

권정석은 주먹을 내지르려는데, 자신의 몸이 잠시 경직되는 걸 느낄 수 있었다.

강해의 살의 때문이었다. 0.3초도 안 되는 짧은 순간이었지만, 틈을 만들기에는 충분했다.

강해의 오른쪽 손바닥이 권정석의 얼굴을 덮었다.

'레이지 임팩트.'

퍼엉! 콰앙!

권정석은 안면에 공격을 받고는 그대로 뒤통수부터 바닥에 꽂혔다.

"크윽!"

그는 두 눈을 크게 뜨며 이를 악물었고, 반격하기 위해 곧바로 몸을 일으키려 했다.

'리프.'

강해가 그의 위로 가볍게 뛰어올랐다.

'레이지 스탬프.'

콰아아아아아아아앙—! 쿠웅—! 쿵—!

권정석은 그대로 바닥과 함께 내려앉았는데, 2층 바닥을 뚫고 1층에 떨어졌다.

강해는 뚫린 바닥을 통해 권정석을 살짝 내려다본 뒤, 이재훈에게로 시선을 옮겼다. 그는 넋이 나간 표정으로 여전히 무릎을 꿇고 있었다.

"너도 가자."

"예? 어딜…."

그가 말을 마치기 전이었다. 강해가 손을 뻗어 이재훈의 뒷덜미를 잡은 뒤, 뚫린 바닥으로 뛰어내렸다.

"으아아아아아아아아아—!"

쿠우우웅—!

강해는 이재훈을 내려놓고, 걸음을 옮겼다. 권정석은 정신을 잃은 채 대자로 뻗어 있었다. 강해가 뺨을 툭툭 치며 깨우려 했지만, 정신을 차리지 못했다.

강해가 이재훈에게로 시선을 옮겼다.

"얘가 주인집 맞지?"

"예? 예… 저희 형님…."

"오늘부터 네가 형해라. 이렇게 허약해가지고…."

시키지도 않았는데 이재훈은 알아서 무릎을 꿇고 오들오들 떨었다.

'격이 다르다. 격이 달라….'

권정석은 정신을 차리고도 몸을 일으키지 못했다. 강해에게 당하고 떨어지는 과정에서 척추에 금이 갔기 때문이었다. 피부와 내장은 보호했지만, 뼈까지 보호하진 못한 것이다.

호형호제 클랜의 3인자이자 집주인인 권정석은 강해의 예상대로 보증금에서 모두 제한 상태였다. 그에 대한 질의응답이 이어지는 동안 권정석은 믿을 수 없다는 듯이 말했다.

"분명… 지하에 사는 최강해는 일반인이었는데…."

헌터들이 일반인을 대상으로 범죄를 저지를 경우 가중처벌을 받는다. 일반인에게 피해를 끼친 헌터들은 대부분

체포 과정에서 평생 장애가 남을 부상은 기본이고, 죽는 경우도 허다하다.

강해를 일반인이라 생각한 권정석은 법에 저촉되지 않는 선에서 빨대를 꽂았다.

4년 동안 연락이 끊긴 정도가 아니라 실종이나 다름없는 상태인데도 신고는커녕, 다달이 월세와 모든 공과금을 제했다.

덕분에 강해의 보증금은 남지 않은 상태.

당연히 강해는 그 돈을 모두 돌려받았다. 그 자리에서 계좌이체로 보증금 2,500만 원만 딱 받아냈다. 전 재산을 뜯어내려면 뜯어낼 수 있겠지만, 자신의 것이 아니기에 건들지 않았다.

스스로의 그 얄팍한 기준에서 범죄는 저지르지 않는 것이다.

권정석은 꼼짝도 못하는 상태로 숨을 헐떡이면서도 기개는 여전했다.

"계산은 끝난 거지?"

"그렇다."

"그럼 이제 죽을 준비나 해라."

강해가 미간을 찡그리며 물었다.

"뭐? 지금 뭐라고 했지?"

"죽을 준비나 해두란 말이다. 우리 클랜에서 네놈을 가만 놔둘 거 같아?"

강해는 피식 코웃음을 쳤다. 그러고는 얼굴을 굳히고 무섭게 노려보며 나지막이 말했다.

"그전에 네놈이 죽을 거란 생각은 못했나?"

권정석은 이를 드러내며 웃었다.

"내가 죽음을 두려워할 거라 생각하나? 그렇다면 사람 잘못 봤다."

"그런가…."

"그래. 우리 클랜에서 반드시…."

강해가 그의 말허리를 잘랐다.

"네가 3인자라고 했지? 그럼 나를 죽이겠다는 게 너희 클랜의 뜻이라 봐도 되는 건가?"

"당연하지! 네놈은 도망칠 곳이 없다! 날 죽여도 소용없어! 우리 클랜이 반드시 네놈을 찾아내 죽일 것이다! 아니, 죽여달라고 빌게 될…."

그가 말을 끝내기 전이었다.

'레이지 스탬프.'

콰앙! 으득, 으드득.

강해가 권정석의 하관을 짓밟았다. 강해의 발뒤꿈치는 바닥에 살짝 닿았다가 떨어졌다.

[권정석]

특성 : 무

잠재력 : 0

권정석은 그대로 즉사했고, 이재훈은 한쪽 구석에서 덜덜 떨고 있었다.

"아까 클랜에 연락했지?"

강해가 물었다.

이재훈은 양손을 내저었다.

"네? 아닙니다, 절대…."

"솔직히 말하는 게 좋을 텐데."

그 한마디에 이재훈은 고개를 떨궜다.

"예…."

"잘했어."

"네?"

이재훈은 고개를 들고 두 눈을 휘둥그레 떴다.

강해가 몸을 돌리며 말했다.

"안내해."

"네?"

"네놈 클랜이 있는 곳으로 가자고."

"아, 그게 저…."

"빨리 안 움직여?"

"네, 네. 갑니다."

❖

두 사람은 이재훈의 경차로 이동하게 됐다.

이재훈이 운전대를 잡았다.

"덩치에 안 맞게 왜 이렇게 작은 차를 몰아? 불편하게…."

조수석에 앉은 강해가 인상을 찡그리며 불평을 했다.

❖

이재훈은 양손으로 운전대를 꼭 잡은 채 눈치를 살피며 말했다.

"아무래도 수입이 적다 보니까… 저도 비싼 차 몰면 좋죠. 돈이 없으니까 이런 똥차 몰죠."

"너 같은 놈들은 그… 뭐다냐, 그걸 가장 중요하게 여기지 않던가? 그 단어가 뭐였지?"

"가오… 말씀이십니까?"

"그래, 가오."

이재훈이 눈썹을 살짝 찡그리고 강해를 향해 고개를 돌리고 말했다.

"그렇지 않습니다. 일단 저는 조폭 같은 게 아닙니다. 엄연히 합법적인 클랜에서 착실하게 일하고 있는…."

강해가 소리쳤다.

"앞에—!"

두 사람이 탄 차가 신호를 무시한 채 달렸고, 오른쪽에서 덤프트럭이 달려오고 있었다. 이미 차를 멈추거나 지나가기에는 늦었다.

빠아아아아아아아아앙—!

덤프트럭의 경적이 크게 울렸다.

"이런 빌어먹을!"

강해가 미간을 찡그리며 의자 위로 쪼그려 앉았다.

'투혼, 격노, 폭주, 리프.'

와장창!

강해는 두 눈을 번뜩이며 전면유리를 뚫고 나가 빙그르 돌아서 달리고 있는 차를 정면으로 바라보며 착시했다.

이재훈이 몰고 있는 차가 강해를 그대로 박는 순간이었다.

'올려치기.'

텅! 후웅—!

강해가 양손을 아래로 내렸다. 그는 양손의 끝을 차의 범퍼 아래에 걸치듯 닿게 해서는 그대로 올려쳤다.

이재훈이 탄 차는 높이 떠올라 강해의 머리 뒤로 빙글빙글 돌며 날아갔다.

빠아아아아앙—!

강해의 옆으로 덤프트럭이 바짝 다가왔다.

'리프.'

텅!

강해는 덤프트럭의 전면을 차고 이재훈이 탄 차를 향해 뛰어올랐다.

빙글빙글 돌며 떨어지기 직전이었는데, 이대로라면 차 지붕으로 바닥에 처박을 것이 분명했다.

차 안에 있는 이재훈은 두 눈이 빠질 것처럼 크게 뜬 채 운전대를 잡고 있었다.

텅!

덤프트럭은 멈추지 못하고 한참을 지나갔다.

강해는 바닥에 발을 디디자마자 내달렸다.

'폭주기관차.'

콰콰콰콰콰콰콰콰콰쾅!

이재훈이 탄 차가 뒤집어진 채 바닥에 떨어지기 직전이었다.

텅! 쿠웅! 끼기기기기긱!

강해가 오른쪽 손바닥으로 보닛(bonnet; 본네트)을 올려 쳤고, 차가 빙그르 돌아 바퀴로 바닥에 착지했다.

이재훈은 계속 액셀을 밟고 있었고, 덕분에 바퀴가 바닥에 자국을 남기며 그대로 쭉 나가기 시작했다.

'이 새끼가 진짜….'

강해는 인상을 찡그리며 다시 내달렸다.

'폭주기관차, 기어 2단.'

터터터터터터터터텅!

그는 무서운 속도로 차의 뒤를 쫓았다.

'비천격.'

강해가 차의 지붕을 향해 뛰어올랐다.

터텅!

그는 주먹을 내지르지는 않고, 차 지붕에 착지하며 소리쳤다.

“멈춰!”

강해가 소리치자 화들짝 놀란 이재훈이 급브레이크를 밟았다.

끼이이이익—!

중심이 앞으로 쏠리며 강해가 튕겨져 나갈 뻔 했지만, 악력으로 차 지붕을 움켜쥐어 버텨냈다.

사방의 차들이 멈춰 있었고, 많은 이들의 시선이 집중돼 있었다.

강해는 미간을 찡그리며 차 지붕에서 내려왔다.

“이 새끼야! 운전 똑바로 안 해?”

이재훈은 천천히 고개를 돌리고 대답했다.

“죄, 죄송합니다….”

강해는 머리에 손을 짚고는 한숨을 크게 내쉬었다.

덤프트럭 운전자는 큰 사고가 나지 않아 다행이라며 돌아갔고, 다른 추가 피해는 없었다.

굳이 따진다면 강해가 폭주기관차 상태로 내달려 차도에 흠집이 난 것이 전부였다.

이 부분에 대해서는 이재훈이 책임을 지기로 했다.

드론을 통해 자진신고 및 등록이 가능했다.

이재훈은 다시 운전을 했고 강해는 조수석에 앉아 시어머니처럼 잔소리를 해댔다.

"새끼야, 운전 하나 똑바로 못해서… 어? 살도 뺄 겸 걸어 다니던가."

"죄송합니다. 그래도 차 있는 게 낫지 않겠습니까… 안 그랬으면 지금 이렇게 타고 갈 차도 없잖아요.'

"그럼 네놈이 택시비를 냈겠지."

"아무튼… 감사합니다."

"엉?"

"덕분에 살았잖습니까. 그대로 깔렸으면 죽거나… 적어도 반병신은 됐겠죠."

강해는 양손 깍지를 낀 채 뒤통수에 가져다 대고 말했다.

"아무튼 얼마나 남았어?"

"이제 거의 다 왔습니다."

약 5분 정도 지나자 이재훈이 차를 세웠다.

서울 수유동에 위치한 외딴 건물 앞이었다. 본래 한 공장의 창고로 사용되던 건물이었는데, 호형호제 클랜에서 사들인 곳이다.

강해가 물었다.

"저 건물이냐?"

"예."

"저기 클랜원들 전부 있는 거고?"

"전부는 아니겠습니다만, 시기가 시기인지라 대부분 있을 거라 생각됩니다."

"다른 클랜하고 전쟁 중이라고 했나? 슬로터인가, 뭔가…."

이재훈이 고개를 끄덕이며 말했다.

"예, 그렇습니다."

"아무튼 수고해라."

강해가 왼손을 뻗는 순간이었다.

"저기…."

이재훈이 입을 열었다.

강해는 손을 멈추고 물었다.

"말해."

"지금 저희 클랜에 정면으로 쳐들어가시는 겁니까?"

"그렇지."

"적어도 스무 명은 있을 겁니다. 당신이 강한 건 알겠지만…."

강해가 피식 웃고는 이재훈에게로 몸을 틀며 물었다.

"내 걱정을 하는 거냐?"

"딱히 그렇다기보다는… 그렇게 말할 수도 있겠네요. 아무튼 제 목숨을 구해주셨으니…."

"내가 네놈 형님을 죽였는데 열도 안 받냐?"

"사실 권정석을 별로 좋아하지 않았거든요."

이재훈은 눈을 뜬 순간부터 잠을 잘 때까지, 가끔은 자는 도중에도 일어나 권정석의 심부름꾼 노릇을 해야 했다.

잠재력에 비해 그의 힘이 터무니없이 약한 것은 게으른 탓도 있지만, 훈련이나 전투에 적극적으로 참여할 시간이 주어지지 않기 때문이었다.

"그놈 때문에 클랜에서 나오고 싶었던 것도 한두 번이 아니었습니다만… 그럴 수 없었죠. 한 번 형제는 영원한 형제라며 압박을 가하는데, 나갔다가는 권정석한테 죽겠더라고요."

이재훈의 얼굴에는 씁쓸함이 가득했다.

강해가 물었다.

"그럼 아까 클랜에는 왜 연락한 거야?"

"권정석이 눈치를 줘서 순간적으로 저도 모르게 도움이 필요하다고 문자메시지를 보냈던 것뿐입니다."

이재훈은 강해에게 지금이라도 돌아갈 것을 권했다. 아직 제대로 된 신상정보가 넘어간 것이 아니기에 찾을 수 없을 거라고.

권정석의 통장에서 강해에게로 이체된 2,500만 원이 있는 부분도 자신이 둘러대겠다고 했다.

단지 방을 뺄 때가 돼서 입주민이 보증금을 돌려받은 것뿐이고, 이후에 슬로터 클랜 쪽에서 쳐들어와서 권정석을 죽인 거라 하겠다고.

"어차피 그쪽하고는 전쟁 중이나 다름없으니 피해보는 사람도 없습니다. 당신이 정말 강하다는 건 알겠습니다만, 서열 1위와 2위는 다릅니다. 둘 다 5성급입니다. 당신도 5성은 되는 거 같지만, 전부를 상대하는 건…."

강해가 피식 웃으며 그의 말허리를 잘랐다.

"쓸데없는 소리하지 마라. 오늘부로 호형호제 클랜은 없어질 거니까 네 살길이나 궁리하는 게 어때? 그 잠재력이 아깝지도 않냐? 필요 이상으로 집단의식을 강요하는 놈들치고 제대로 된 경우를 못 봤다. 60년 넘게 살아본 내가 하는 말이니 알아들어라."

"예? 60년이라니 무슨…."

강해는 또다시 그의 말을 끊었다.

"아무튼 넌 말 잘 꺼낸 줄 알아라."

"예?"

"말 한마디로 1,000냥 빚 갚는다더니, 딱 그 꼴이네. 원래 너 죽이려고 했거든."

"예?"

이재훈은 긴장감이 가득한 얼굴로 말을 잇지 못했다.

강해는 피식 웃으며 뒷좌석에 실어뒀던 워해머를 챙겨 차에서 내렸다.

"오늘을 기억하면서 열심히, 착하게 살아라."

"예…."

강해는 몸을 돌려 건물로 향하려다 물었다.

"아, 한 가지 묻자. 저 건물에는 너희 클랜만 있나?"

"네? 네, 그렇습니다."

"그래, 수고했다."

강해는 이재훈을 뒤로하고, 오른손에 워해머를 쥔 채 호형호제 클랜 건물 앞으로 걸음을 옮겼다.

'가족 없이 홀로 있는 남자는 추운 법이어도… 열 받아서 더운 것보다야 혼자가 낫지.'

강해가 오른손에 힘을 꽉 주며 미간을 찡그렸는데, 한쪽 입꼬리는 가볍게 올려 쓴웃음을 머금었다.

'나야 항상 열 받은 상태긴 하지만.'

호형호제 클랜의 건물까지는 약 10m.

강해가 걸음을 옮기려는데, 한 남자가 건물에서 나왔다. 그는 강해를 보고는 곧장 몸을 틀어 걸어왔다.

"무슨 일로 오셨습니까?"

다가온 남자가 물었다.

강해는 남자와 눈을 한 번 마주치고 미소를 지어 보였다.

"호형호제 클랜을 찾아왔는데, 맞죠?"

"예, 맞습니다만. 어떤 일로 오셨는지요?"

"권정석이라고…."

강해가 말을 마치기 전, 남자가 미간을 찡그리고 목소리를 냈다.

"정석이 형님을 찾아오신 거면 지금은 안 될 것 같습니다. 안 그래도 그거 때문에 난리거든요."

"그렇습니까? 정확히 어떻게 난리가 났는데요? 무슨 일이 있나 보죠?"

남자는 바로 입을 떼려다 강해를 한 번 쳐다보고는 말했다.

"그건 내부사항이라 아무한테 말씀드리긴 좀 그렇네요. 그나저나 무슨 일로 정석이 형님을 찾으시는지?"

강해가 씩 미소를 지어 보였다.

"정석이 찾으러 온 게 아닌데."

"네?"

남자는 자신의 귀를 의심하는 듯했다.

"지금 뭐라고…."

강해는 그를 위아래로 훑어봤다.

[김종일]

특성 : 마법

잠재력 : 240

강해가 미소를 머금은 채 말했다.

"정석이 때려눕힌 게 나거든."

"뭐? 이 새끼!"

김종일은 곧바로 마나를 끌어올리며 오른손을 치켜들었다. 그의 손끝에 하늘빛 마나가 작게 눈보라가 휘몰아치는 듯했다.

'아이스 블레이드.'

그가 오른팔을 휘두를 때 손에는 얼음으로 된 검이 쥐어져 있었다.

'폭주기관차.'

아이스 블레이드는 강해에게 닿지 못했다. 강해의 전신에서 뿜어져 나오는 열기에 그대로 녹아버렸다.

강해는 피식 웃으며 나지막이 말했다.

"오늘부로 호형호제는 사라진다."

강해에게서 느껴지는 마나의 양은 1성 하급 수준이었지만, 김종일은 본능적으로 자신이 감당할 수 있는 상대가 아니라는 것을 느꼈다.

자신의 힘에 자신감이 있을수록 상대방에게서 느껴지는 마나가 적다면 무시하기 마련이다.

김종일은 그 반대로 자신감이 없어서 언제나 전투의 보조를 하는 편이었다.

평소 전투 자체에는 재능이 없어도 상황 판단은 좋은 편이기도 했고.

그는 곧바로 건물을 향해 목청껏 소리쳤다.

"적이다—! 여기…."

그가 말을 마치기 전이었다.

"이미 늦었어."

강해가 조소를 띠고 말했다.

김종일은 이를 악물고 강해를 향해 양손을 뻗었다.

'아이스 쉴드.'

쩡!

강해와 김종일 사이에 커다란 얼음으로 된 방패가 벽처럼 생겨났다.

강해는 아랑곳 않고 프리킥을 하듯이 걷어찼다. 그의 전신에서 뿜어져 나오는 열기로 얼음 가운데가 순식간에 녹아내렸다.

강해의 발끝이 김종일의 복부를 걷어찼다.

터엉—!

김종일은 그대로 붕 떠올라 사선으로 날아갔는데, 건물 중앙에 부딪쳐서도 멈추지 않고 몸이 밀렸다.

콰콰콰콰콰콰콰콰콰콰쾅—!

그가 날아가는 것이 멈췄을 때는 건물의 꼭대기 가까이 벽 사이를 파고들어 있었다.

김종일은 갈라진 벽 틈새에 끼어서는 축 늘어져 움직임이 없었다.

강해는 고개를 좌우로 까딱거리며 가볍게 몸을 풀고는 왼손을 뻗어 등 뒤에 찬 워해머를 빼들었다.

그때 건물에서 성난 목소리와 함께 호형호제 클랜원들이 여기저기서 튀어나왔다.

"뭐야? 무슨 일이야?"

"어떤 놈이야?"

"슬로터다! 슬로터 놈들이 기습을…."

"한 놈이잖아."

그들 중 한 남자는 건물 가운데 벽 사이에 끼어 있는 김종일을 올려다봤다.

"어? 종일아! 종일아!"

한 남자가 곧장 강해에게로 돌진했다.

"이 새끼—!"

[문정수]

특성 : 권법

잠재력 : 390

문정수는 달리던 중 왼발을 크게 내디디며 바닥을 내리찍었다.

쿠웅!

그러고는 왼발을 축으로 삼아 몸을 빙그르 돌렸고, 옆차기를 준비하듯 오른발을 들어 강해를 겨냥했다.

문정수는 "하!"하고 기합을 외치며 그대로 전방을 향해 튀어나갔다. 그의 왼발 아래로는 짙푸른 마나의 파동이 일어났고, 강해를 향한 오른발 역시 그랬다.

턱.

강해는 너무도 간단하게 날아오는 그의 오른쪽 발목을 낚아채듯 잡았다.

"어?"

문정수가 무엇을 해보기도 전이었다.

후웅— 콰아아앙—!

강해는 그를 그대로 건물을 향해 집어던졌다. 문정수는 별다른 반응도 하지 못하고 벽에 처박혀 정신을 잃었다.

직접적으로 건물을 후려친 것도 아니었는데, 이미 균열이 가고 흔들렸다.

다른 클랜원들이 달려들기 전에 한 남자가 앞으로 나섰다. 권정대였다. 그의 옆에는 강해가 던전에서 구해줬던 김효종도 있었다.

〈2권에서 계속〉